孔雀开屏

中子◎著

新疆美术摄影出版社
新疆电子音像出版社

图书在版编目(CIP)数据

孔雀开屏 / 文昊主编. -- 乌鲁木齐 : 新疆美术摄影出版社 : 新疆电子音像出版社, 2013.10
(亚洲中心文化丛书)
ISBN 978-7-5469-4446-3

Ⅰ. ①孔… Ⅱ. ①文… Ⅲ. ①散文集 - 中国 - 当代
Ⅳ. ①I267

中国版本图书馆 CIP 数据核字(2013)第 244652 号

亚洲中心文化丛书　文昊 主编

本册书名　孔雀开屏
作　　者　中　子
图片提供　晏　先　杨　洪　文　焱
责任编辑　吴晓霞
装帧设计　党　红　李瑞芳
出　　版　新疆美术摄影出版社
　　　　　新疆电子音像出版社
社　　址　乌鲁木齐市经济技术开发区科技园路 5 号(邮编:830026)
电　　话　0991-3773930
发　　行　新华书店
印　　刷　三河市燕春印务有限公司
开　　本　787mm × 1092mm　1/16
印　　张　11
字　　数　120 千字
版　　次　2014 年 1 月第 1 版
印　　次　2014 年 1 月第 1 次印刷
书　　号　ISBN 978-7-5469-4446-3
定　　价　32.80 元

目录 contents

目录 contents

目录 contents

目录 contents

概览

新疆巴音郭楞蒙古自治州简称巴音郭楞或巴州。巴音郭楞是祖国西北边疆一块神奇而美丽的土地。位于新疆东南部，总面积 48.27 万平方千米，占新疆四分之一，相当 5 个浙江省，称华夏第一州。地处东经82° 38'～93° 45'，北纬 35° 33'～43° 26'，南倚昆仑山，与西藏自治区北部为邻；东与青海省、甘肃省西部接壤；西与和田、阿克苏地区相依；北与乌鲁木齐市、哈密地区、吐鲁番地区、昌吉回族自治州、伊犁哈萨克自治州毗连。

巴音郭楞地形为一盆两山，自北向南有天山、塔里木盆地、昆仑山 3 个地貌单元。山地 21.11 万平方千米，占总面积的 43.3%，其中最高点昆仑山木孜塔格峰海拔 6973 米；沙漠 14.96 万平方千米，占总面积的 31.3%，其中塔克拉玛干沙漠为世界第二大沙漠；最低点罗布泊海拔 778 米，平原 10.14 万平方千米，占总面积的 20.1%；台地草原 2.57 万平方千米，占总面积的 5.3%。中国第二大草原——巴音布鲁克大草原就在其中。全州有可开垦土地 430.5 万公顷，已垦土地 18 万公顷，林地 57 万公顷，

摄影：杨洪

天然草场 1100 万公顷。绿洲草原大多在海拔 1000 米以下，为各族人民提供了一个极为舒适而又怡人的生存环境。

巴音郭楞是蒙古语，“富饶的河流” 之意。相传蒙古族东归英雄渥巴锡来到美丽的巴音布鲁克大草原，看到一条 100 多千米长的沟，泉水淙淙，蝶飞鸟唱，湖水荡漾，花鲜草茂，取名叫“巴音郭楞”。巴音郭楞蒙古自治州之称由此而来。巴音郭楞有大小河流 56 条，主要有中国最大的内陆河——塔里木河，该河自西往东流经塔克拉玛干沙漠。巴音郭楞有大小湖泊 96 个，其中中国最大内陆淡水吞吐湖博斯腾湖，发源于天山冰川，汇集开都河，流进湖中，又泻入孔雀河，灌溉塔里木绿色走廊。著名的天鹅湖，其“S”之谜，至今仍是世界上未被破译的地理之谜。全州蕴藏着水力资源 29.6 万立方米，现已建成大小水电站 28 座，水轮发电机 55 台，水力发电装机容量 1.28 亿千瓦，居新疆首位。

全州矿产资源众多，现已探明矿床 84 处，有石油、钾盐、蛭石、玉石、金、铁、钨、锌等 29 个矿种，其中探明石油储量为 205 亿吨，为中国最大的后备开采油田；钾盐储量 3.2 亿吨，为中国第二大钾盐矿；蛭石储量占全国 92%；中国稀有矿种 5 个，为国家西部大开发提供了丰富的资源。

巴音郭楞远在新石器时代就有土著塔里木人活动的踪迹。商周时期，吐火罗人由兴都库什山和阿姆河上游东迁至境内。战国时期，大月氏人、龙勒人、羌人从河西走廊西迁至塔里木盆地和焉耆绿洲。西汉初，匈奴进入巴音郭楞境内，攻杀大月氏人，迫使其西迁至伊犁河谷。汉建元三年（公元前 138 年）张骞通西域联系大月氏人共击匈奴。汉元狩二年（公元前 121 年），匈奴被西汉军队打败，匈奴屯牧焉耆。西汉王朝为保证丝绸之路的畅通，在轮台、渠犁置兵屯田，汉族人从此定居巴州。18 世纪中叶，清朝平定新疆大小和卓之乱，并实行移民屯田的政策，满、蒙、汉、回各族官兵相继进入巴音郭楞境内。清乾隆三十六年（1771 年）在民族英雄渥巴锡

摄影：杨洪

的率领下，由俄国东归的土尔扈特、和硕特蒙古族人迁至巴音布鲁克草原和包尔图草原。

巴音郭楞是一个以蒙古族为主体民族的多民族的聚居地，共有37个民族，人口117.08万人，蒙古族4.99万人，汉族67.85万人，维吾尔族37.7万人，回族5.87万人，哈萨克族0.12万人，其他民族0.55万人。聚居在巴音郭楞的各族人民，有着各具特色的衣食住行习惯，独特的婚姻风情，绚丽多彩的节庆活动，丰富生动的民风民俗，让渴望欣赏风情者心驰神往，让世界各地旅游者大饱眼福，击节赞叹。

巴音郭楞蒙古自治州下辖8县1市，以天山为界。南4县1市，即首府库尔勒市、尉犁、若羌、且末、轮台；北4县为焉耆回族自治县、和静、和硕、博湖。全州有70个乡，6个镇，74个农、林、牧、渔场，357个村民委员会。

巴音郭楞是一个自然奇观遍布的宝地。位于欧亚大陆中心，四周远离海洋，南有青藏高原，西有帕米尔高原，北有天山，同时阻滞西风携带水分补给南疆，年降雨量很少。塔克拉玛干沙漠、库姆塔格沙漠、库鲁克沙漠三大沙漠年降水量仅为20毫米，有的年份滴水不下，可谓极端干旱地区。北部天山山区的巩乃斯沟，年降水量为1000毫米，全州年降水量平均为200毫米。奇特的地理环境和气候条件，孕育了丰富的生物性资源。

巴音郭楞美丽的森林、草原、绿洲为野生动

摄影：杨洪

物的生息繁衍提供了良好的自然条件，有野生动物406种，国家一、二类保护动物64种，其中野骆驼、藏野驴、野牦牛、藏羚羊、盘羊、黑颈鹤、金雕、黑鹤、大头鱼等为国家一类保护动物。在深山密林中，可看到雪豹擒鼠捉兔，盘羊争夺配偶而激烈地碰撞厮打，也可以看到金雕从上空盘旋而下，捉住山鸡飞向高空，还可以看到月光下，野骆驼、藏野驴、野牦牛、藏羚羊、盘羊、马鹿在小河边相聚、相亲、相爱。国家为了保护这些宝贵的动物和植物资源，成立了阿尔金山野骆驼自然保护区、塔里木胡杨林自然保护区和巴音布鲁克天鹅湖自然保护区。

在南部昆仑山的发祥地内，草原和森林随着青藏高原的隆升，在极其恶劣的自然条件下生长发展起来一些年轻的植物群落类型。经科学考察，昆仑山地的高等植物达241种，占全国高等植物的八分之一强。其中昆仑麻黄、昆仑黄华、三春柳、秀丽水柏是世界上仅有的。这些植物群落，有的老树生花，有的草树成洲，有的独树插天，有的异花相亲，另成一簇，塑造了美丽无比的昆仑山景观。

在塔里木盆地，第三纪上新世遗留下来的孑遗植物，胡杨、柽柳、梭梭、盐爪爪等，由于昆仑山的冰川逐年演化，气候变暖，从而使几万年的冰川逐渐消失，塔里木盆地日趋干旱，而这些6800万年前的植物群落，却靠着自身抗旱能力的增强，一直在演变伸延至今。胡杨称为一千年不死，死后一千年不倒，倒了一千年不朽的名贵树种。柽柳据科学考证可活 600 年。

在北部天山山区，众多的植物种属相互交错生长，形成了山地雨林、沟谷雨林、复杂多样的植物结构景观。林内可见珍贵的雪岭云杉，古老的小叶白腊，几个人合抱难围的几百年的银白榆，100 多种植物繁茂生长，形成了一座山地植物天然的基因库。

巴音郭楞属于温带和暖温带大陆性气候，山前平原地区干旱少雨，蒸发量大，日照充足，昼夜温差大，适宜瓜果、棉粮、菜蔬农作物生长。充足的日照使得瓜果特别甜，粮菜特别有味，棉花质量特别好，无病虫害。著名的库尔勒香梨曾在 1924 年法国万国博览会上获“世界梨后”之称，论口感和味道远远超过“世界梨王”法国白梨，只因个小形差在世界 1432 种梨子评比中获第二名。

巴音郭楞已成为中国旅游热区。近几年，来库尔勒参观旅游的海外游客已达 100 万人次以上，仅 1999 年国外游客就达十几万人次，国内游客也达百万之多人次。

巴音郭楞是丝绸之路的必经之地，又是巍巍昆仑玉石之路的故乡。

今天的巴音郭楞正处在改革开放新的起点上，几乎时时处处都在上演着震撼中国和世界的活剧，书写着新鲜、生动而又不朽的历史。

摄影：文昊

1 自然风光

摄影：晏先

摄影：晏先

天 山

天山绵亘于准噶尔盆地和塔里木盆地之间，是亚洲最大的山系之一。天山在巴音郭楞境内长约 950 千米，宽 140~200 千米，走向为西向和西北向。山间盆地和纵向谷地把天山山脉分割成许多大山，其中焉耆盆地、巴音布鲁克盆地、库鲁克山、霍拉山最为著名。

巴音郭楞境内的天山最高峰为河源峰，海拔 5289 米，是现代冰川的活动地区，具有多样化现代冰川地貌，是巴州境内较大河流的源头，为巩乃斯河、乌鲁木齐河、玛纳斯河、开都河、阿拉河发源地。其属于依连哈比尔尕山——天格尔山，位于巴音郭楞最北部，在巴音郭楞境内长280千米，主要由花岗岩组成。

天山冰川往往长数百千米，高几千米。巴音郭楞境内，据考查有天山冰川 774 条，约占全国冰川的 12%。这些美丽的冰川，好似条条玉龙，飞舞于寒山空灵之中，千姿百态，蔚为壮观。在纵战横阵的冰川上又形成了许多冰井、冰洞、冰下河、冰塔林等奇特景状，更具魅力。天山冰川是巴音郭楞的固体水库，每当夏日来临，大小冰川和山中积雪消融，大量的融水奔泻而下，汇入河流，滋润着肥沃的盆地和绿洲。

巴音郭楞天山山脉最低点是库鲁克山，海拔为 1100~1300 米，位于焉耆盆地和孔雀河谷地之间，东西长约 400 千米，南北宽 40~60 千米。最西部铁门关附近仅为 5 千米，由片麻岩、碳酸岩、花岗岩组成，地势西高东低。最高峰的大山仅为 2782 米，其余为短小山脊和丘陵。区内无常年积雪，整个山地呈荒漠景观。

最美丽的是霍拉山，著名的巴音布鲁克大草原就在其中，在焉耆盆地和塔里木盆地之间。西部为科克铁克山海拔 4300 米，东部的霍拉山海拔 3000~4000 米，有明显向东倾斜的高原坡面，连分水岭都是平坦的山脊。

天山山脉在巴音郭楞境内还有艾尔温根乌江山、阿拉山、喀拉塔格山、克孜勒格山。天山山脉在巴音郭楞境内共有 10 大山系，构造单元各不相同，都有各自不同的奇观，制约着巴音郭楞的山川，影响着河流的发展、流向和气候的冷暖干湿。

摄影：晏先

摄影：晏先

昆仑山

昆仑山位于塔里木盆地与藏北高原之间，从帕米尔一直绵延到柴达木盆地的边缘，与巴音郭楞附近的山体相连。其山体大都在东经84° 以东，称东昆仑山，长660千米，宽150千米，呈东西向延伸，成为青藏高原最北部分，由于内部的差异性运动，形成了一些山间盆地。昆仑山北坡山势峻拔，南坡与藏北高原相接，山势和缓，整个山地为高寒荒漠地带，直接与常年积雪的冰冻带相接。

阿尔金山是塔里木盆地和柴达木盆地的分界山，在巴音郭楞境内长680千米，宽50~80千米，一般海拔为3000~5000米，气候干旱为荒漠山地，第四纪随青藏高原的隆起而抬升。

阿尔金山西段苏拉木格山，海拔一般为5000米，最高峰6245米，海拔5500米以上有常年积雪和现代冰川，但规模不大，东段山体一般为4000米，金雁山最高4347米，北东向山间纵谷发育。

昆仑山有“莽昆仑”和“亚洲屋脊”之称，昆仑山在《水经注》中称阿姆达山。阿姆达即

“苍穹或苍天”的意思。其悬岩峭峻，巨峰横列，犹如万峰朝天。仰望座座昆仑山峰，冰崖壁立、崔嵬挺立于峰林云海之上，令人神惊目眩。

昆仑山虽然山体高大宽厚，但是降水比较稀少，干旱程度比较突出。这是因为从大西洋进入的湿气到昆仑山时早已成为强弩之末，从印度洋吹来的季风又被喜马拉雅山阻截，成为亚洲最干旱的高山之一。在东昆仑山，由于山体高度低于西昆仑山，气候又异常干燥，因而冰川覆盖范围较小，仅在 6000 米以上的最高山带发育着较好的冰斗冰川和悬冰川等，这些冰川给附近的阿尔金山带来一片生机。

昆仑山阿尔金山共有 6 座山系，即托库孜达孤山、阿里雅里克山、祁曼塔格山、木孜塔格山、阿尔喀山、库木库里山。

最高的山峰是木孜塔格峰，海拔 6973 米。其余山峰在高原上看只是一些小起伏山地。河谷平坦，山坡平缓，属中生代地层，新生代隆起上升成为高原。

最低的山是库木库里山，它是一个山间盆地，海拔为 4000 米，与周围高峰相差 1000~2000 米，面积 2 万平方千米。有河流注入阿牙克库木湖、阿其克湖，形成了两个独立的封闭水系。盆地内除少量丘陵外，比较平坦的地表大部分冰碛覆盖，年降水量为 50 毫米，湖滨三角洲有植被可作牧场。

在昆仑山和阿尔金山有冰川 857 条，它依附着高大山体提供的降水，发育着一条条冰川雪岭，好似玉龙飞舞，十分壮观。这一条条冰川，构成一个个固体水库，随着四季气候冷暖变化，冰雪消融，涓涓细流顺山体而下，汇成一条条河流向着山麓平原流去，流向戈壁，流向沙漠，流向绿洲，孕育着美丽的巴音郭楞。

摄影：晏先

摄影：杨洪

天山洪冲积平原
孔雀河冲积平原
塔里木河冲积平原
罗布淖尔湖盆地平原
车尔臣河冲积平源
昆仑山洪冲积平原
库鲁克沙漠
库木塔格沙漠
塔克拉玛干大沙漠
塔里木绿色走廊

塔里木盆地

塔里木盆地位于天山山脉和昆仑山山脉之间，地形与周围高山对比，恰似一盆底，为沙漠平原，也是中国最大的内陆性封闭盆地。塔里木盆地大体上地跨东经 76° ～89° ，北纬 37° ～42° ，为巴音郭楞境内。塔里木盆地东西长 500 千米，南北最宽处 420 千米。平原地势由南向北缓斜，南部昆仑山脉北缘海拔 1400~2200 米，北部天山南侧海拔 1000 米，东部最低的罗布泊海拔 778 米。盆地周围是山麓带倾斜平原，塔里木河沿天山南麓向东流行，形成宽阔的冲积平原。下游转向东南，注入大西海子水库。塔里木河南广大地区为塔克拉玛干大沙漠占据，是连片起伏的沙丘。塔里木盆地东西向，地形西高东低，盆口向东敞开，这是沧海桑田变化的结果。

远在一亿年前，塔里木盆地还是一块陆台，高距于波涛汹涌的海面上，随着古生代强烈的地壳运动，海水逐渐退去。到了古生代末期，海底部分逐渐隆起变成雄伟的山地，原先的塔里木两个稳定的陆台，反而变成群山包围的大盆地了。在地壳运动造成山地抬升过程中，由于力量不够均衡，便在山中产生了山间盆地。又由于塔里木盆地远离海洋，湿润海洋性气流被四周的山体阻隔，因此气候极端干旱，盆地东南部几乎终年无雨雪，塔克拉玛干大沙漠就在其中。

在塔里木盆地南北两侧，数百万年来发源于山地的河水，从山上挟带下来大量的风化物，在山前不断积聚，形成了许多冲积扇和三角洲，连成了广阔的倾斜平原。平原中下部水源丰沛，土壤肥沃，是巴音郭楞各族人民劳动生息的地方。这些美丽的绿洲，由胡杨、榆、柳、枣、杨、桃、杏、李组成平原林，各种草花组成草甸和草原，在这些自然绿洲中发展了城镇和乡村。

塔里木盆地分为 6 大平原，3 大沙漠，1 个绿色走廊，共 10 个地貌单元。即：天山洪冲积平原、孔雀河冲积平原、塔里木河冲积平原、罗布淖尔湖盆地平原、车尔臣河冲积平源、昆仑山洪冲积平原、库鲁克沙漠、库姆塔格沙漠、塔克拉玛干大沙漠、塔里木绿色走廊。其中孔雀河冲积平原、塔里木河冲积平原、车尔臣河冲积平原、天山洪冲积平原、塔里木绿色走廊 5 个单元绿洲阡陌，物产丰富，是人类自古至今的家园，而其他 5 个地貌单元几乎渺无人烟，人类难以生存。

自从塔里木石油勘探开发指挥部进入塔克拉玛干大沙漠腹地，已经激活了一片片绿洲，为世人感叹，成为中外游客旅游的一大热点。

摄影：晏先

摄影：杨洪

博斯腾湖

博斯腾湖位于焉耆盆地的东南部，海拔1048米，在博湖县、焉耆县、和硕县和库尔勒市的辖境内，是中国最大的内陆吞吐淡水湖，水域面积1998年以前是960平方千米，只把中国地域面积的960万平方千米去掉个万字就行了，易记好记。现在国家实施北水南调工程，放天山各河余水，汇集开都河，流入博斯腾湖，一下子增大了湖容量，水域面积1998年达到了988平方千米，2000年达到1000多平方千米，使孔雀河就连冬日都处于饱和状态。据测算，现已恢复到汉朝时的水域面积。

博斯腾湖水产丰富，《汉书》载，焉耆近海水多鱼。《隋书》记，博斯腾湖有渔盐蒲苇之利，鱼两种，大者可逾十斤。其鱼种原来十分单纯，仅有扁吻鱼（大头鱼）和塔里木裂腹鱼（尖嘴鱼）两种鱼。1962年以来引进了鲤、青、鲢鱼放养。1970年不慎将额尔齐斯河一种凶猛的鱼种赤鲈鱼（五道黑鱼）带进几条，导致博斯腾湖的大头鱼和塔里木河裂腹鱼基本绝迹。尤其大头鱼已被列为国家一类保护动物。以后陆续引进贝加尔雅罗加鱼（小白条）、拟鲤（中白条）、银鲫、白鲢、鳊鱼、沼虾、青虾、白虾、康虾、黄鲤、田螺、螺贝、河蚌、中华蟹等。到2000年博斯腾湖各种水生动物捕捞量已达2700吨。博斯腾湖还盛产芦苇，其柔韧性好，纤维密度长，可达4厘米，是仅次于棉花的优质造纸原料，每年产量可达40万吨。原来部分调往内地，现巴州建了大小造纸厂14个，全部用来造纸，销往国内外。尤其巴州博湖造纸厂的优质纸，大部分供出口。

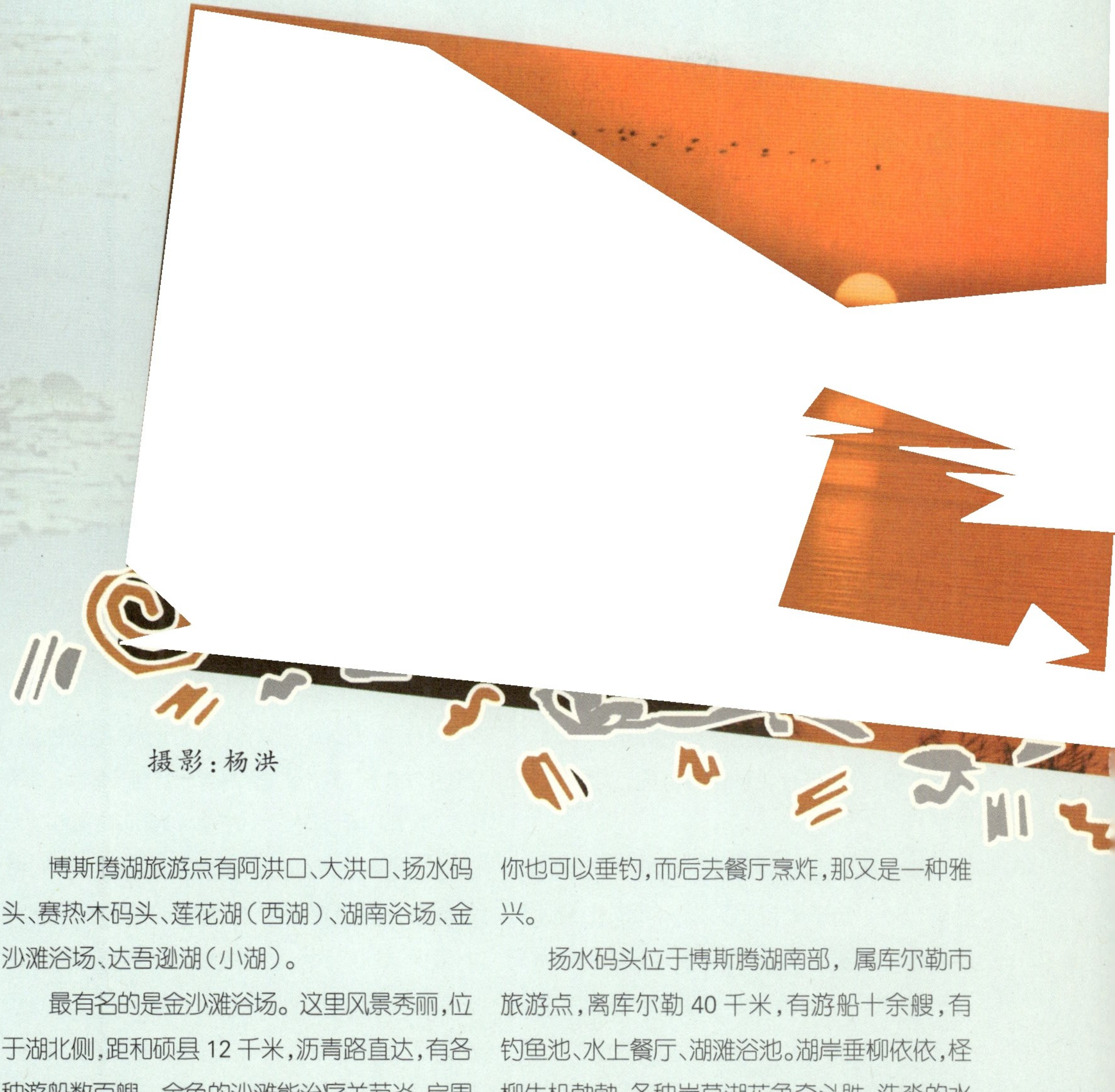

摄影：杨洪

博斯腾湖旅游点有阿洪口、大洪口、扬水码头、赛热木码头、莲花湖（西湖）、湖南浴场、金沙滩浴场、达吾逊湖（小湖）。

最有名的是金沙滩浴场。这里风景秀丽，位于湖北侧，距和硕县12千米，沥青路直达，有各种游船数百艘。金色的沙滩能治疗关节炎、肩周炎、腰腿疼。2000年7月5日这里举行了全国女子沙滩排球赛，被评为国家优质沙滩排球赛场。

赛热木码头位于博湖县14千米处，有沥青路直达，是开都河的入湖口。这里建有300米固定大码头，游船20余艘，凉亭3座，蒙古包3座，湖滩林荫地百亩，鱼味餐厅多所，可吃到博湖产的鱼十余种和水生动物几十种。当然你也可以垂钓，而后去餐厅烹炸，那又是一种雅兴。

扬水码头位于博斯腾湖南部，属库尔勒市旅游点，离库尔勒40千米，有游船十余艘，有钓鱼池、水上餐厅、湖滩浴池。湖岸垂柳依依，柽柳生机勃勃，各种岸草湖花争奇斗胜。浩淼的水面给你带来无尽的沉思和欢乐，有快艇可达和硕金沙滩和博湖赛热木码头。

莲花湖离库尔勒市25千米，这是博斯腾湖往孔雀河的泻水口。眺望博斯腾湖烟波浩淼，波光一色，一览孔雀河如拢收野马，奔驰竞天。有游船数艘，宾馆一座，莲花千亩，芦苇万顷，是垂钓、沐浴、放歌、抒情的理想场所。

鲸鱼湖

位于昆仑山腹地，巴音郭楞的东南部。从航摄图上看，它的样子特别像条鲸鱼，从此名扬天下。

鲸鱼湖东西长 37 千米，南北宽 7.6 千米，面积 250 平方千米，湖面海拔 4708 米，湖水深 2~10 米，主要有泉水河、玉浪河沿边的泉水溪流汇集而成，是现代冰川渗流的产物。鲸鱼湖现存湖岸阶地 12 级，表明湖水缩小变迁的状况。这在世界内陆高山湖泊中是一种极为罕见的湖泊类型。1990 年以前，湖水以每年 0.01%的速度缩小，在学者专家的论证指导下，阿尔金山自然保护区的工作人员把一条小渠引入湖内，使鲸鱼湖保持了永恒的魅力。

鲸鱼湖是神奇的，你看它头东尾西，威武而又娴静。鲸鱼湖的东段有一处自然形成的沙砾堤，如一条鱼鳃线把大湖小湖分成东西两部分，宽约 200 米，高出湖面 2~4 米，中间有缺口，两湖之水可以相通补给。东部大湖因有宝浪河大量冰川融水注入而形成淡水湖，浮游生物多。每年夏季，有无数的棕头鸥、赤麻鸭等飞禽在此嬉水繁育，欢歌筑巢，相拥度爱。深秋到来的时候，它们又恋恋不舍地离开这里，飞向南国越冬。西小湖因无淡水补给，天长日久，高山蒸发强烈，湖水含盐量几乎达到饱和状态。再则湖底有硫磺等矿物质渗出，虽有东大湖淡水补给保持均衡，但湖水依然苦涩咸麻。由于两湖水质差异明显，自然形成了东湖鸥歌鸭舞，鸟鸣禽唱，而西湖则是死气沉沉，无声无息。因此人们形象地称其为“阴阳湖”。

塔里木河

塔里木河，古称“计式水”。《水经注》称为“南河”，《西域图志》称额尔色郭勒，清代始称塔里木河。“计式水”即可以计算的水，是指其水特别宝贵。“南河”即“南疆之河”的意思，“额尔色郭勒”系蒙语，即“漫流的水”之意。

塔里木河是中国最长的内陆河，全长2437千米，上游有10大支流:叶尔羌河、阿克苏河、喀什噶尔河、和田河，流域面积14.8万平方千米，在巴音郭楞境内长766千米，流入巴音郭楞境内平均年径流量33.7亿立方米，平均流量30.1立方米／秒，最大洪峰流量1270立方米／秒。

塔里木河由阿克苏地区的库车县流入巴音郭楞轮台县境内，即在塔克拉玛干大沙漠的北缘穿行。它给沙漠带来沿岸密林灌木丛和草原，它逶迤于这些密林草原之中，因此有沙漠绿龙之称。沿途旅游点有桑塔木森林、胡杨林森林公园、草湖、库吾托克生态旅游区等。主流沿塔里木盆地北缘东流，至轮台塔里木大坝折向东南，流经库尔勒南部及尉犁县墩阔坦，至卡拉干渠分水闸，为塔里木河中游段。中游段汊流众多，北岸有阿拉河、恰阳河、沙子河、乌斯曼河，还有桑吾克湖、拉依湖，南岸有老塔里木河、玉木拉克河、渭干河等多条干涸河床。中游地势平坦，河床浅窄，比降1／5000，极易淤积。河漫滩而不发育。两岸多有天然堤，洪水期河水漫溢，改道频繁，水量在此段耗费甚大。中游段具有最佳的生态环境，新株老树分布两侧，胡杨、河曲柳、

桑杏树立于两岸。鹿羊在岸边嬉戏，野狼和野猪时常偷袭，水鸭斑头雁飞于其间，药草争相斗奇于两岸。这里著名的旅游景点较多，如普惠胡杨人家、哈拉玉宫小草湖、塔里木河鹿场、库尔勒市的包头湖。这些景点浓荫成片，群落植物成林，不远处又有一片片香梨园如诗如画。回族人家、维吾尔族村寨、汉族村落，形成了别具一格的大西北特有的江南水乡般的田园风光。由于塔里木河中游和孔雀河的中下游大部分在尉犁县，加之两河漫滩多，自然形成了众多的小河湖泊，使尉犁人受益颇多。尉犁的原始森林较多，河床两侧分布着多种植被，胡杨、水柳、拐枣、毛桃、沙枣是塔里木河的又一大景观。著名的有罗布人风情园、白尔迪卡生态旅游区、胡杨书院。塔里木河下游起于卡拉干渠分水闸，至台特玛湖，穿行于塔克拉玛干大沙漠和库鲁克沙漠之间，下游长 382 千米，河道处于风沙威胁之中，经常断流。其中大西海子水库至台特玛湖，1972~2002 年断流。

塔里木河在塔克拉玛干大沙漠中常常如脱缰的野马给人造成无数的祸乱。尉犁县境乌斯曼河传说在 60 年前，一个叫吾斯曼的维吾尔族农民为了浇自家的几亩地，把乌河扒开了一个口子，结果使塔里木河改道，从而形成了阿克苏甫湖，当然也淹没了他的家园。他从此流落他乡，给人当长工度日。

民国十年（1921 年），也有一户农民浇地造成塔里木河泛滥。塔里木河改道，通过拉依河，流入孔雀河，只有很少量的水流至铁干里克，迫使原塔里木下游的 7000 余户农民流散他乡，沿路乞讨。1952 年巴音郭楞各族人民修建了塔里木河大坝，使河水流入老塔里木河，铁干里克流民回到了故乡，塔里木绿色走廊又恢复了生机。

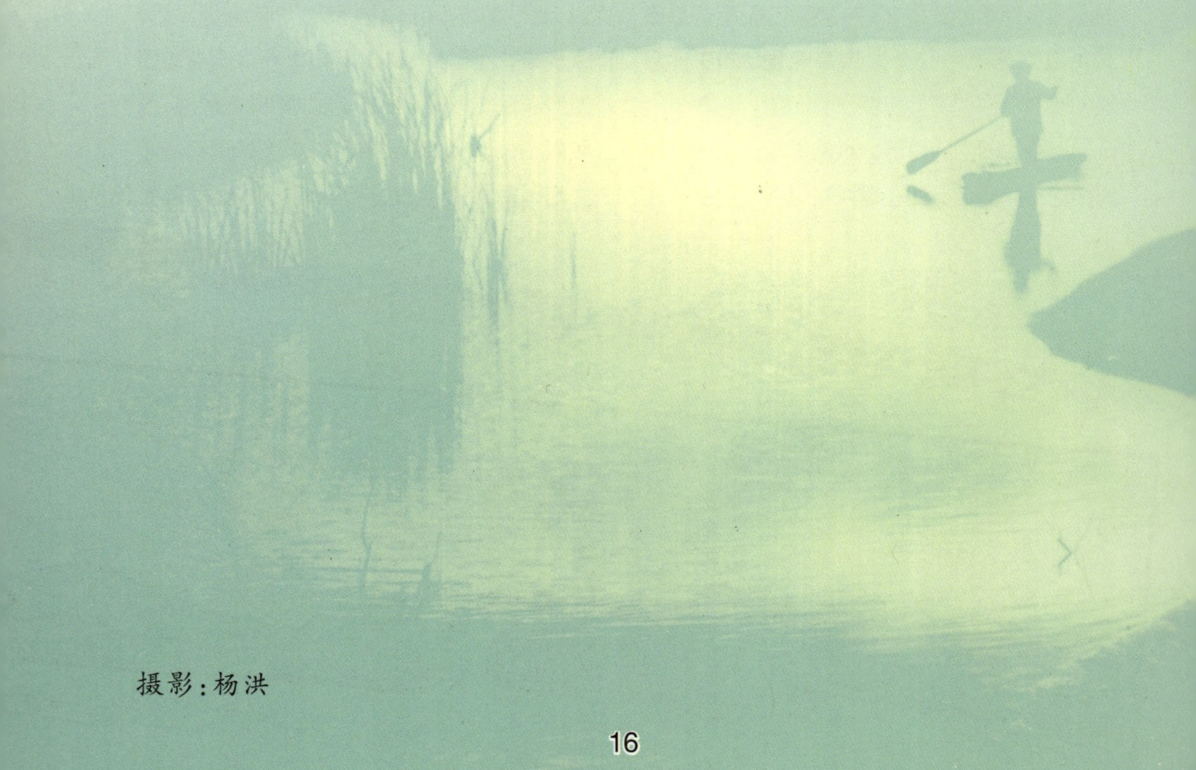

摄影：杨洪

开都河

开都河《山海经》称敦薨之水，唐称淡河，《西域水道记》称海都河，俗称通天河，极言河之广，上通天山之意。《西游记》中的通天河即指开都河。从此开都河天下闻名，引得无数文人墨客来此观瞻。清代风流才子纪晓岚就曾赞美：“凯都河鱼八尺长，分明风味似鲟鳇。西秦只解红羊鲊，特乞仓公制鲤方。”

维吾尔语将开都河译为“曲折之意”。开都河的确曲折，全长 516 千米，山涧大的曲弯处就达 188 处，平原的曲拐处就达 54 处，如果将它每一个小折、小曲、小拐、小弯都算，可达 1142 处。真可谓千曲百折始到头，千回百转成正果了。

开都河发源于天山的哈尔特山口，将天山南坡萨尔明乌拉山 648 条冰川滋养的乳汁尽收口中。山口四周环山，高山终年积雪，形成天然的固体水库，使得开都河年径流量变化不大。开都河上游经尤尔都斯盆地，向西约 60 千米经巴音布鲁克折向东南至大尤尔都斯盆地长 240 千米。沿途汇集众多支流，并有地下水和冰雪融化补给，水流平缓，水量丰沛，两岸牧草丰茂。从大尤尔都斯至大山口为开都河中游峡谷段，长 160 千米，两岸多为悬崖峭壁，水流湍急，河道陡峻，平均比降 6.7%，落差 1300 米，九曲十八弯多在此，水力资源也多集中于此，为巴音郭楞提供了水利能源。中游多为暴雨中心，是雨量及融雪混合补给区，是开都河供水的主要来源。开都河出山口后进入和静县、焉耆县、博湖县，沿途流域灌溉面积达近十万公顷。开都河下游长 116 千米，水流平缓，平均比降为 2.3%。地势平坦，两岸土地肥沃，是焉耆盆地的中心、巴音郭楞主要的农业区。流域面积为 2 万平方千米，平均流量 112 平方米／秒，最大洪峰流量为 883 立方米／秒，年径流量 34 亿立方米。丰水期 4~9 月份，枯水期每年 10 月份至次年 3 月份。

开都河到宝浪苏木后分东西两支流入博斯腾湖。这一分水闸最为壮观，大河截为两段，浩浩荡荡之水顿时暴怒起来，浪花飞溅，惊涛拍岸，旋涡旋卷，流浪滚滚。宝浪苏木水闸可谓开都河上最为壮观的旅游景点，有游船让你经受风险，有鱼味餐厅让你尝到河鱼和湖鱼不同风味，有垂钓让你相信你的实力和机遇。

开都河是焉耆绿洲各族人民的母亲河。每年你会看到蒙古族人将酒洒向大河，唱歌敬拜；你还可以看到回族、维吾尔族人对它爱到了极致，把大河旁的垃圾拾往远处，防止污染。巴音郭楞各族人民的环保意识中外科学家有口皆碑。大河植被良好，很少污染；河水含沙量少，水质极佳，人们常常直接饮水。据说此水最能滋养高大魁梧的西部汉子。你在河边可看到许多醮着河水吃馕的西部汉子。大河被中外商家视为无污染的宝地，为巴音郭楞可持续发展提供了最佳环境。

孔雀河

古称孔雀河为饮马河，相传东汉班超曾经饮马于此。中国旧地图又称它为浣溪河或宽柴河。所谓浣溪河，是指游人至孔雀河看到流水清清，洗把脸，掬一口水喝；所谓宽柴河，是指原孔雀河栽了几根木桩，架了 3 根桥梁，桥面铺的是红柳枝柴，由此得名宽柴河。中华人民共和国成立之初现孔雀河葵花桥就是一座宽柴桥。当地维吾尔语称 “昆其达里雅”，意为皮匠河。“昆其”和“孔雀”声音听起来差不多，过往的文人墨客、官吏、士兵由此就称其为孔雀河。当时孔雀河确有一大批皮匠，他们从巴音布鲁克草原收购畜皮运到库尔勒，利用库尔勒干燥气

摄影：杨洪

候和便利的水源加工皮革，制造皮鞋、皮衣、皮帽。清朝和民国年间新疆就流传过这样一首优美的民谣：“吐鲁番的葡萄哈密的瓜，库尔勒的香梨焉耆的马，库车的洋岗子一朵花，库尔勒的皮货顶呱呱。”洋岗子维吾尔语是“结过婚的妇女”，据说当时库车结过婚的妇女头上都戴一朵美丽的花，以区别于姑娘。这首民谣同时唱出了库尔勒的皮革制造业极为发达，至今许多库尔勒的老人都能回忆库尔勒孔雀河旁皮匠众多的身影。孔雀河下游维吾尔语称 “库木达里亚”，意为“沙河”。那是因为孔雀河流入塔克拉玛干大沙漠的缘故。孔雀河赋予它孔雀的意义，一点都不过分。它的源头和中下游多么像孔雀的头和身子，最美丽是它的尾部，泻入罗布泊。

孔雀河上游穿行于博斯腾湖小湖区，到阿洪口才有河道，向西流至塔什店镇，长 65 千米，水面平缓，比降 0.77%。上游 40 千米处在

莲花湖区和博斯腾湖脱离接触，就像一个孩子历经母亲十月怀胎漫长的时日，一朝分娩一般。真正不连接博斯腾湖的只有 25 千米。霍拉山和库鲁克山夹峙的铁门关峡谷区为其中游段。这里水流湍急，比降骤然增加到 6%~8%，长 14 千米，水流资源集中于此。出峡谷后为广阔的冲积平原，比降减至 1%，河流由西转向南流，形成大约弯弓形状，为孔雀河三角洲农业区。下游 651 千米，沿塔里木北缘流向罗布泊，两岸多为胡杨林。孔雀河全长 730 千米，流域面积 4.46 万平方千米，年平均流量 38.3 立方米，最大洪峰 233 立方米，年平均径流 12 亿立方米。由于孔雀河河源为湖水，年径流量稳定，除洪水外，一年四季流量变化很小。

孔雀河现已建成 9 个橡胶坝，抬高了水位，把湖与河连了起来。尤其两山的孔雀河出口处的橡胶坝蔚为壮观。库塔干渠、十八团大渠和孔雀河主河道三水分流，有的如绿野蛟龙波滚浪涌，有的如猛兽潜浪，惊石击天，有的如激流奔马耀波流光，好一处奇流景致。在库尔勒市 10 千米孔雀河两岸，如苏州园林景致一般建成了园中园，形成孔雀河风景区。这是梨林滴翠，杨树挺拔，榆树亭亭玉立，绿柳丛中掩映着各族儿女，两岸景色充满诗情画意。

孔雀河

摄影：杨洪

焉耆绿洲

焉耆绿洲位于巴音郭楞北部，北有天山，南有库鲁克山，西有霍拉山，东为库鲁克沙漠，东西长达 200 千米，南北宽 70 千米，地势从西北向东南倾斜，海拔一般为 1200 米，最低海拔博斯腾湖湖面为 1048 米。

焉耆绿洲素有新疆粮仓、小江南之称。这里杨柳榆枣林带网中送欢，桃杏葡萄门前屋后飘香，芨芨芦苇在草甸子里摇曳，阡陌纵横，鱼荷送情，自有独特的绿洲诗意：百里桃花万柳杨，中原无此好地方；水乡泽国沙洲绿，疑是江南唱荷塘。

盆地内主要的地貌类型有环绕盆地的洪积倾斜平原、开都河、三角洲、博斯腾湖、阿克尔库沙丘。由于盆地南北两侧山体高低不同，致使盆地南北向狭窄，成为一个扇形盆地，是开都河形成的一个冲积扇。

正是奔腾欢歌的开都河水和烟波浩淼的博斯腾湖滋润了焉耆绿洲，给美丽的盆地提供了生命的乳浆。焉耆绿洲富啊！就富在了水上；焉耆绿洲美啊！也美在了水上。古代它是丝绸之路的交通要道和各国商旅生命之源的补给站。它的文化色彩处处都打着世界四大文明的烙印，它在干旱地区成了得天独厚的人类文明的枢纽，至今还留着文化使者的美誉：“良田嘉禾，富渔盐蒲苇之利。”

焉耆绿洲有 4 县 1 镇，即焉耆县、博湖县、和硕县、和静县和库尔勒市的塔什店镇。这四县一镇成了以焉耆为中心的伸延性绿洲，和硕县城在焉耆东北，离焉耆仅 80 千米，和静县在焉耆的西北，距焉耆仅 30 千米，博湖县在焉耆的东部，仅离焉耆 10 千米，塔什店镇在焉耆南部，离焉耆 35 千米，焉耆离巴音郭楞首府库尔勒市也仅 50 千米。交通极为便利。对新疆人来说，这几乎可以说是抬脚就到。因为新疆的许多县城之间的距离往往一说都是几百千米，像这样方便的绿洲旅游带是极为罕见的。

焉耆绿洲有三宝：“芦苇、甘草、焉耆马”。自古以来，焉耆绿洲就流传着喀喇沙尔三件宝：“苇子扎墙墙不倒，甘草水喝了治感冒，焉耆马骑上才能把丫头找。”这是说焉耆地下水充足，地易翻浆，砖砌院墙三五年就自行倒了，而用苇子捆扎的苇墙二三十年都不倒。不过现在焉耆人已不用苇墙了，他们要把芦苇变成经济效益可观的造纸原料，变成活钱，再用钢筋建造围墙。现在焉耆绿洲有紫泥泉甘草保护区 7 万公顷。焉耆的甘草质量在中国属上乘，渠沟野滩遍地生长，谁感冒了采一株来，熬上喝了就好。再说小伙子骑上那威风凛凛的焉耆马好找媳妇，因过去焉耆流传着人是衣裳，马是嫁妆之说。原来焉耆荒地有的是，人口又少，只要你肯干，一年就能挣出一两匹马来，找老婆是不成问题的。

焉耆绿洲有三吃：烤羊羔、烤鱼、揪片子。烤羊羔是蒙古族人民礼敬贵客的，用美味无比的焉耆绿洲羊羔肉烤制而成。据说当年唐朝著名的诗人王昌龄有诗句：“葡萄美酒夜光杯，欲言琵琶马上催”就是在焉耆写成的。可见焉耆绿洲的烤羊羔享誉古今中外。焉耆的烤鱼是维吾尔人的绝活，是用味正肉鲜的大头鱼烤制的。可惜大头鱼现已绝迹，就是不绝迹也吃不了，因大头鱼成了国家一级保护动物。不过现在开都河、博斯腾湖、孔雀河盛产几十种鱼，有人云：“不是大头胜大头，不是鲈鱼胜鲈鱼了。”这是说博斯腾湖现有的鱼比原来的大头鱼都美。揪片子，将面揉成团和好，然后往开水锅中一片一片地揪着下，熟后捞出。再将羊肉、西红柿等十余种调制成汤，将揪片下入锅中滚上几滚，一锅揪片子就做好了。色香味俱佳，人吃了精气神都来了。

摄影：晏先

摄影：杨洪

巴音布鲁克草原

美丽的巴音布鲁克草原是中国的第二大草原，总面积为2.38万平方千米，草场面积达2.05万平方千米，位于天山腹地。巴音布鲁克草原西北部距库尔勒市360千米，距和静县城280千米，草原的经济文化中心在乌兰恩根镇。

这是一个美丽的草原牧场，载畜量可达250万只。草原上绿草萋萋，花香郁郁，牛羊满山遍野，马驼嘶欢沟谷，河流飞浪如织如带，湖泉淙淙下泻平原，野兽出没于千山万壑之中，松涛桦歌响彻于蓝天之上。安居在这海拔1500~2500米高原的牧民，是18世纪从伏尔加河东归的英雄们——土尔扈特蒙古的后裔。

巴音布鲁克草原主要由大、小尤尔都斯草原组成。和硕县牧民游牧于小尤尔都斯部分草原，焉耆县、和静县的牧民游牧于其余的草原。巴音布鲁克草原还有566条山沟，都是理想的冬牧场。著名的有巩乃斯沟、巴仑台沟、巴音郭楞沟等。沟内冬季温和，夏季凉爽，素有绿色峡谷之称。还有湖泊 7 个，著名的有天鹅湖、拜尔湖等；有大小泉 13 处，著名的有阿尔先温泉、库尔德温泉、哈尔温泉等；有河流 20 条，著名的有开都河、巩乃斯河、阿拉沟河、巴音郭楞河等；有大小林区 6 个，面积 33 万亩，著名的有巩乃斯林区、奎克乌苏林区等。巴音布鲁克草原现有各类牲畜 100 万头，有称之为“草原之宝”的“焉耆大山马、巴音布鲁克茶腾大尾羊、美利奴羊、“高原之舟”的牦牛、珍稀的家驯双峰驼”等。还有植物两百多种，野生动物 74 种，峰群几千群，鲜美浓香的食用菌蘑菇 44 种。

草原最美的要属草和花了。茅草和苔草争相斗奇，鹅冠花亭亭玉立，飞蓬花铺天盖地，火绒花绿中点红，水葱偶露峥嵘，蒿草和虉草好占沟坡，松草和芽菜爱在险要争峰，马兰花傲看这些伧草俗花一副不屑一顾的样子。最奇的是孤草，它竟在石壁上生长，不管它躲在哪儿，牛羊都照样吃过去。各种牲畜吃着草的不同部位，羊吃的是草尖，马吃的是草叶，牛吃的是草秆，骆驼往往是连根带土一块都吞了进去。要说对草原有破坏性的，就是山羊和骆驼了。山羊口毒，很多草吃过后，几天内草就被毒死了。加之它四蹄如刀，吃草乱刨，损害了草场，不过它聪明、勇敢，能做领头羊。草原上山羊很少，仅养了一千多只。骆驼则吃相不文明，甚至把草根都吞了，对草场破坏不小，也养得极少，仅一千多只。巴音布鲁克草原的绵羊肉味最佳，养了 68 万多只，原因是它光吃草尖，肉怎能不鲜。巴音布鲁克草原牛肉味道最美，原因是牛吃食文明高雅，不温不急，仿佛在吃一道西餐。经历过欧洲文明的土尔扈特与和硕特，把巴音布鲁克牛称之为文雅的神牛，吃相的典范。

巴音布鲁克草原的美妙神奇足以使你日夜神往，它的名字虽是蒙语，但叫着神秘而意味无穷。仅“富足的草原”之意就会使你流连忘返，加之巩乃斯沟、阿尔先温泉、天鹅湖、美人沟瀑布、奎克乌苏石林更使你永远也忘不了巴音布鲁克草原。

摄影：文焱

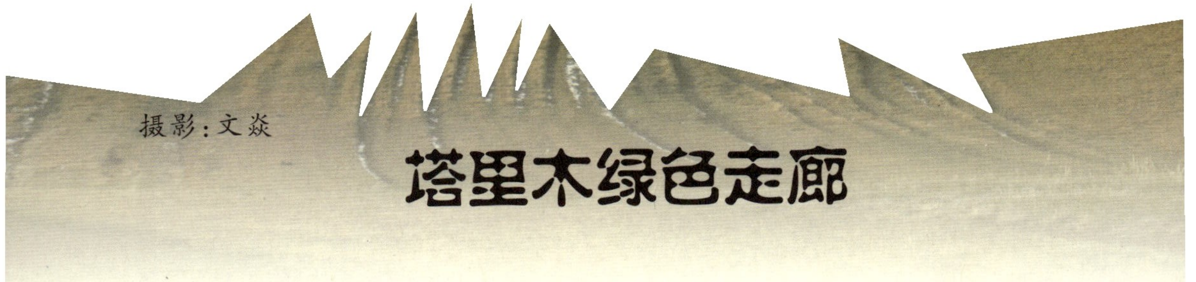

摄影：文焱

塔里木绿色走廊

巴音郭楞有一条闻名于世的绿色走廊，它位于塔里木河下游、塔克拉玛干沙漠与库鲁克沙漠之间。它北起尉犁县的卡拉，南止于若羌县的罗布庄，全长 473 千米。

绿色走廊是塔里木动植物资源的保护神，也是巴音郭楞沙漠绿洲中一个生态植物区。胡杨是绿色走廊中主要的乔木树种，柽柳又是重要的灌木树种，这两种树如沙漠中的两个树族兄弟。胡杨枝叶经焦阳烤灼而依然放翠，红柳的枝干经霜熬煎依然保持着火红色的容颜。无数的梭梭、盐爪爪、盐穗木又加入了它的队伍中来，阻挡着塔里木第一大沙漠塔克拉玛干沙漠和中国第三大沙漠库姆塔格沙漠、第四大沙漠库鲁克沙漠汇合，防止沙漠肆虐我们美丽的家园。塔里木绿色走廊是沙漠中的集体英雄，是中国最大的功臣。它是巴音郭楞真正的灵魂。

塔里木绿色走廊连接着丝绸之路新疆段的南道与北道，是新疆通往青海、连接祖国内地的第二条重要通道。它还是乌鲁木齐连接昆仑山北麓若羌、且末、和田等地的捷径，规划中的青海—新疆铁路也将通过这里。

最可称赞的是塔里木绿色走廊中的罗布麻了。传说绿色走廊中的罗布麻是一个美丽的少妇，她的丈夫为寻找水源渴死在荒漠中变成了波涛滚滚、汹涌澎湃的塔里木河。河水挽救了巴音郭楞各族人民。妻子在河边日夜呼唤丈夫归来，天长日久变成了罗布麻。夏天罗布麻的花挂满了枝头，粉红色的铃铛小花，仿佛在呼唤着亲人。那一丛丛枝繁叶茂、繁花似锦的花树，仿佛少妇忠贞而又窈窕的身影。

据史料记载，古代塔里木河下游已是："地沙卤少田"。据对库鲁克沙漠西侧的沙丘观测，其形状年代为 1000~1500 年。从解剖 3800 年前罗布泊女尸肺部含尘量来看，当时楼兰地区已经是沙漠环境。

塔里木河是条飘动的河。它 1500 年前飘动到了塔里木绿色走廊中，从此两岸成了美丽的绿洲，形成沙漠中最壮观的奇境。

绿色走廊从初长成到最终形成大约孕育了 1000年的时间，又经过生长过程大约 500 年时间，最终确定在今天地理坐标上的时间大约是 18 世纪。清政府 19 世纪下半叶开始在这个地区活动，光绪十一年（1885 年）清政府在铁干里克筑浦昌城，并沿绿色走廊建了 13 处驿站。

罗布泊

罗布泊在塔里木盆地东部，巴音郭楞东南部，东经 89° 65'，北纬 40° 30'，海拔 780 米。历史上罗布泊曾有巨大的水体，1931 年实测水域面积 1900 平方千米，1942 年实测水域面积为 2875 平方千米，1972 年美国科学家转送中国科学家卫星图片表明罗布泊干涸，中国科学家考证属实。现罗布泊在楼兰地区已成为一处沙漠，由此引起探险家、旅游者巨大的兴趣。探险家余纯顺、著名的科学家彭加木均把生命献给了这片热土。这里成了一片神往之地，每年想到此游览报名的达几十万人次。

罗布泊一词《山海经》称为泑泽。泑是“黑色”之意，泽是“沼泽”，意为“黑色的沼泽”。《史记》称之为盐泽。因罗布泊多盐碱，意为“盐碱沼泽”。《汉书》称为蒲昌海。蒲昌是罗布泊中生长的一种水草植物，果实可做枕心绒，秆子古人做门帘，蒲昌花可食并入药，治感冒和眼病是上好的生物药，是古楼兰人一种宝贵药物，由此得蒲昌海之名。唐玄奘《大唐西域记》中称之为“纳缚波”，是梵语中“新”的意思，有的学者认为纳缚是藏语中“诺羌”一词的转音。《马可·波罗游记》中称之为“罗尔”。清代康熙年间的地图称之为“罗布淖尔”，是蒙语“海子”的意思。1863 年清政府刊行《大清一统舆图》始称“罗布泊”，之后此名流传至今。

人造卫星对罗布泊拍摄后得到的影像极像人的耳朵轮廓，由此在世界地理界享有盛名。

1972 年，美国的人造卫星再次拍摄的大耳朵照片，证实了大耳朵的范围恰恰是罗布泊海拔高程 778 米的等高线，量测面积为 5350 平方千米，并有耳轮，耳孔和耳垂，又一次成为人类发现史上的一大自然景观，更加引起了全世界的关注和神往。

1990年中国考古专家曾在罗布泊地区的铁板河墓地发掘一罗布人，起名为“楼兰少女”。经碳 -14 测定，其校正年代为距今 3880 年 ± 95 年。该少女尸体保存完整，鼻梁尖高，眼睛深凹，毛发、皮肤、指甲都保存完好，皮肤呈古铜色，头发披于肩上，现存巴音郭楞博物馆。1992年送日本展出，引起全世界轰动，至今预约展出的国家达 30 多个。为保护此古尸，防止因尸体转移气候对尸体的破坏，现只限于在本地供中外游客观瞻，婉拒出外展出。

摄影：小雨

雅丹奇观位于巴音郭楞东南部，距库尔勒380~500 千米处，在东经 89° 85′，北纬 40° 20′，一般海拔为 1000~1200 米，由库尔勒或尉犁县乘车一天即可到达。

雅丹原是古代罗布人对陡峭的山崖的称呼。20 世纪初，地理学家斯文·赫定发现了这奇异的大面积小土丘，便问维吾尔族向导，他将向导告诉的“雅尔丹”记成了“雅丹”，又将这美丽的名称介绍给了全世界，从此这种地貌形态就增添了神秘的色彩和迷人的魅力。

雅丹是巴音郭楞干燥地区特有的一种风蚀地貌，倾斜和缓的粘土漫入盐水后，经曝晒形成坚如岩层的地面，再经风流的作用而形成。它由一系列平衡的垄脊和沟槽构成，高 0.5 米至十几米，长数十条或百米，沟宽 1~20 米不等。巴音郭楞的雅丹地貌面积约 3000 平方千米，分

雅　丹

布片区为：

一、白龙堆片区；

二、孔雀河下游片区；

三、龙城片区；

四、阿其克片区；

五、三陇沙片区。

离库尔勒仅 15 千米的塔什店镇也有少数分布。巴音郭楞人民将其辟为雅丹风景区，供中外游客就近参观。

当地的罗布泊人，往往把白龙堆雅丹称为龙城。因白龙堆雅丹似龙像城而得名。相传遥远的古代，罗布泊附近有个国家，百姓们穿没穿的，吃没吃的，国王却花天酒地，骄奢淫逸。玉皇大帝得知此事，便扮做和尚下凡化缘。昏庸无能的国王仅施舍了一点儿盐巴，玉皇大帝勃然大怒，调来盐泽之水淹没了这个国家，水退后出现了龙城。

走进龙城，爬上雅丹，登高望远，重镇奇邦，街市城乡独具特色。龙城在这千山万峰土丘中，有的高台跃级，有的堆势似崖，有的叠嶂起伏，有的黄土耀金。千沟万壑之中，白龙似在城中翻滚舞跃，黄龙又似闪鳞耀甲在沟中劈波斩浪。夜宿龙城，一缕轻歌从沟中传来，又送来一声哭泣，高楼林立的闹区又传来你争我夺的打斗，宽阔的街道叫买，各种声音驳杂，不绝于耳。远处闪烁着时隐时现的白光，这时你仿佛回到了家乡，或者见到了一座不夜城。你大胆地站起，科学地分析歌声、哭声、打斗声、叫卖声的来源，原来是风在山沟中打旋，那白光则是风和雅丹中盐磷等元素碰撞发出的恐怖光芒。龙城的夜的确够恐怖的，缺少科学知识或胆小的人，最好不要来听、来看这奇情奇景。

魔鬼谷

魔鬼谷在阿尔金山东端，西起库木库里沙漠，东到布仑台，全长 100 千米，宽约 30 千米，东经 91° 1'，北纬 36° 3'，海拔 3000~3500 米，位于若羌县东南，坐落在东昆仑山和祁曼塔格山之间。

它背靠昆仑主脊，面对祁曼塔格，挟两山而带长天，一条太阳河从山谷中流过。谷内鲜花开遍，青草占领了每一片山地。气候不焦不火，有时细而绵绵，有时雨下不停，把草花滋润得如同田园一般。即使严寒的冬季这里也无奇寒袭人，夏季又是凉爽的避暑胜地。

牧民给这美丽的地方起了个好听的名字，叫那棱格勒，即“太阳河”。以后又称它为“魔鬼谷”，牧民纷纷离它而去。传说东昆仑是个年轻美貌的王子，祁曼塔格是个美丽的公主，两人如胶似漆，不管河西走廊和塔里木绿色走廊的干旱少雨，不管人民个个渴得嗓子冒烟。伴郎富士、伴娘卡拉娜又极力大摆宴席，把结婚规模一下子增加了一千倍，耗费人民无数的财物。苍天震惊，黎民哀号，老昆仑气得直跺脚，塔克拉玛干都气疯了，谴责之声震天，民间怨声载道。苍天一怒之下将东昆仑王子和祁曼塔格公主分开了，让他们永远不得结婚，并且把富士放逐到太平洋荒岛，把卡拉娜驱逐到欧洲，两位始作俑者也受到惩罚。为此，昆仑常常发怒咆哮吼叫，祁曼塔格时时哭泣胡闹。每当浓云密布，就会听到鬼哭狼嚎之声，使人汗毛直竖。有时昆仑愤怒到了极点，还会击伤人畜。祁曼塔格公主也不示弱，每当看到漂亮的女性，便把哭声化为干嚎，专门劈杀美人，一时间牧民们吓得四散奔逃，把这美丽无比的地方称为“魔鬼谷”。

近来科学家解开了魔鬼谷之谜。经测定那格棱河谷是一个雷击区。这是湿润空气受昆仑山主脊阻挡，沿那格棱河河谷聚集，形成雷雨气候。每当沉沉的黑云笼罩山谷，伴随着隆隆雷声、阵阵阴风、道道闪电，谷中看到的蓝莹莹的鬼火，听到的淘金人绝望的惨叫声、西部汉子凄惨的求救声、牧民搏斗声、猎人的枪击声，这些都是因为三叠纪火山喷发后形成的大面积强磁性玄武岩和石英闪长岩矿脉及铁矿脉，与雷雨云互相作用下产生的雷暴现象。在无其他高大树木和物体的情况下，兀立的人类、行走的牲畜和无处躲藏的野兽都成了放电和雷电击打的对象，人畜兽极易被劈开、打死、击伤。人们误认为这一切是魔鬼所为。

魔鬼谷的特殊自然现象和生命环境引起科学家极大的兴趣，他们正在进一步考察研究，一定会告诉人们更加满意的答案。这将会使魔鬼谷变成真正的太阳谷。不过现在无风雨之时，仍有许多游人在导游的帮助下来这里参观游览。

塔克拉玛干沙漠

塔克拉玛干为中国第一大沙漠，长约 1070 千米，宽约 410 千米，面积 33.76 万平方千米，位于塔里木盆地中央，以东经 85° 为界。为巴音郭楞境内沙漠地带，也是东北风和沙尘暴作用强烈的区域。

塔克拉玛干沙漠，维吾尔语意为“进去出不来”。斯文·赫定称之为“死亡之海”。我们的祖先称之为少水（沙）莫水（漠）的地方。玄奘在《大唐西域记》中讲述了这样一个故事：遏劳落迦城原是一个富庶的城市，但这里的居民不敬神佛，欺凌过往僧侣，最后惹怒了神佛。7 天之后，一场突发的黑风暴将全城沙埋，全城居民中只有一户接济过僧侣被提前告知，其余居民全部丧命。这个富庶的城市有数不尽的珍宝，吸引了无数的贪财者去探险挖掘，然而不论是谁，只要接近这座城市，就会有沙尘暴袭击，狂风骤

摄影：杨洪

起，烟云回合，道路迷失，将贪财者埋没，全都进去出不来。

当今的巴音郭楞人可没被“死亡之海”吓倒，他们在沙漠腹地打出了油井，修建了公路，让你一睹大沙漠的胜景奇观。

不管是撒哈拉沙漠、澳大利亚沙漠，还是叙利亚沙漠，那只是些岩漠、砾漠，而真正的流动性沙漠，当属塔克拉玛干沙漠了。它才是真正的沙漠王子。

塔克拉玛干沙漠受西北和东北两个盛行风向的影响，风沙活动频繁而激烈，其南缘风沙均在 100 天以上，以致沙漠不断南移。诗人的“大漠孤烟直，长河落日圆”，在这里你可看到这沙漠最壮观的奇境：一道飓风卷起几十米高的沙尘柱立直、迷离、升腾、似烟，一座沙丘一会儿就移动了半米。从沙漠中残存的唐王城推算，一千多年来，沙漠向南移动了数十至上百千米。

摄影：杨洪

如果按流动沙丘的比例和面积来看，塔克拉玛干沙漠高于鲁卜哈里沙漠，从这一点说，塔克拉玛干沙漠的神奇和壮美高于世界 8 大沙漠之首，当属“沙漠国王”了。

塔克拉玛干沙漠流动沙丘占了 85%以上，而且还具有形态各异、高大宏伟的特征。有的如金字塔沙丘，熠熠闪光；有的如万里长城，藏龙卧虎；有的如烽火狼烟，使人触目惊心，欢跃跳起。苍穹状、鱼鳞状、浪涌状、沟壑状，无奇不有，使你忍不住上去拥抱、亲吻、登越、欢跳。塔克拉玛干沙漠会使你融入到这美妙无穷的大自然中。

巩乃斯沟

巩乃斯沟位于巴音布鲁克草原北部，长 40 千米，宽 1 千米，海拔 2403 米。两坡有 60 平方千米的冷杉桦松混交林，水草丰茂，山花烂漫。夏季清凉宜人，冬季是牲畜越冬的暖沟，有“神秘的峡谷”之称，是一个美丽的四季牧场。

1773年著名的英国探险家、游记文学大师希拉登曾经游览过巩乃斯。乾隆皇帝允准他来中国，是因为他精于山体测绘。他帮助清政府测绘的十几张山岭图无一差错。当时土尔扈特东归英雄请求移牧巴音布鲁克，清政府也是让希拉登来帮助测量地形的。

希拉登到了巩乃斯沟大喊大叫：“太美了，太美了，我走遍世界 174 个国家都没这儿这么美。”他在草丛中奔跑，在树林中跳跃，在花坡上打滚，高兴得又哭又笑，一下子晕了过去。

他醒来大声感叹道：“我要把这儿的美写尽，介绍给全世界，让这儿在历史的长河中永远都是绚丽多彩的。我要把全世界的爱情施放于它，我要把世上的美和它做个对比，使它更加显示出无可比拟的美。这儿的美是一种实实在在的美，不用夸饰的美，是把全世界都吸引过来的那种美。巩乃斯，你把我折服了”。他说完，两眼发直，直视前方吓得清朝官员们个个手足无措。其实希拉登在看景呢，史官却把这件事记录了下来。

巩乃斯微风吹拂，林涛震耳，桦榆妩媚，云杉多姿，曲柳婀娜。蜂蝶过处，草青叶雅，金英子耀金，党参花溅香，乌拉贵花吐芳，山丹丹花流艳。温泉腾紫雾，热气拂人面，白云身边绕，天使眼前飞，巩乃斯河碧水流欢，瀑布飘逸，千山万壑，气势万千。

希拉登曾在游记中写道：“我就是死在这儿也是美的，也是有意义的。”

巩乃斯是个青山常绿、花海袭人的好地方。那起伏的山岭就像一条条蛟龙奔腾于沟中，那一坡坡的鲜花就像一条美丽的彩带飘飘欲仙。蛟龙腾舞，花海飞驰，像神奇之门不断闪开，似神妙天然不断迎来。莺儿在林中嬉戏、歌唱，蜂蝶在花丛惹闹沾欢，牛羊在高地漫游，雪豹、棕熊吼声使人心悸，云杉立于悬崖，山花搂抱于奇木，新泉老林奇巧组合，小溪大气同放清新。

巩乃斯沟是云雾蒸腾、雨雪汇集的好去处。山上的云、岭下的雾，丝丝缕缕，纤纤飘来，曲曲卷卷，缓缓飞舞。有时如惊涛骇浪，巨浪排空；有时如千军万马呼啸而来；不时又静静动动飘忽不定，给人一种神仙的境界。一时又雨跃荡水，雪絮飘舞，雨滚雪翻。雨虽不大，却是细雨；雪虽不狂，却是轻雪，但给了你一个调皮的孩儿脸。一会儿又云开日出，山沟又成了另一番诗情画意，满沟清新，满坡的胜景，满沟的仙境，这就是闻名于世的巩乃斯沟。

奎克乌苏石林

奎克乌苏石林距离巴音布鲁克区所在地乌兰恩根镇 130 千米，巴音乌鲁乡 63 千米，位于天山山脉西段，那拉提山的奎克乌苏达坂之下而得名。它长约 9 千米，宽约 5 千米，平均海拔 3202 米，面积 45 平方千米，是中国著名的高原石林之一。它是国家旅游局新发现向中外游客推荐的游览性石林胜地。据国家地质部门考证，石林为风蚀半沙砾岩层结构，由二百万年前天山的一次强烈的造山运动形成。

横看石林，石树腾云驾雾，石兽龙争虎斗，石洞深壑盈尺，人面狰狞可怖，石峰叠嶂架层，石藤缠绕古刹，石蔓绞杀龙马。嫦娥奔月离恨，武松打虎解酒；苔藓地衣璀璨晶莹，党参挂铃，似声非声，雪莲放蕊，似开非开；欧洲古堡，肃穆森严，狼牙豹尾，齐施凶残，宝剑出鞘，刺破青天。有的如玉柱擎天，呈英雄神威；有的如苍龙卧地以遇时机；有的如禽飞兽走，树倒猢狲；有的如驼卧黄沙静待风暴，使你看不够的奇胜真景，发不尽的探险幽情。

纵看石林，这里的一切都非人造做作，一切都是真实，全无假面。虽没有雕梁画栋，描檐绘脊，却是那么雅致、朴实，就如一座石林博物馆，逼真地散布在巴音布鲁克草原上，成了天山上的奇观之一。这是大自然鬼斧神工建造的，并且毫不吝惜地将它奉送给了人类。

要看天下最美景，必走天下最奇险。要去看奎克乌苏石林，要走比一线天还难走的羊肠道。那是宽不过半米的悬崖险径，两手抓着石壁，半步半步向前挪动，身后是万丈深渊，稍有不慎，

就可能摔得粉身碎骨。过去蒙古族人来这里都是冬天，泼水浇毡，冰壁贴紧毡子，人抓住毡子才敢过。这半米长的羊肠小道，竟使多少人望而却步。旅游局为方便游人，目前已加宽了道路，悬崖旁也有了保护的铁链，为此遭到了一些喜欢奇险的英雄们反对。反对归反对，道路照加宽，方便了中外游人。

你在这里还可以看到一座石窟门前巧开的一孔天，阳光照得洞窟通明。相传当年草原英雄尕勒腾为民除害，追赶一条巨大无比的妖蛇来到这里。妖蛇隐入了石林，英雄躲在石窟暗察妖蛇动向，石窟黑咕隆咚难见亮处，勇武的尕勒腾一拳打开了这个天窗，看到了妖蛇。他取出火药枪，不料火药枪被窟顶落石击掉，掉进了洞窟深谷。尕勒腾急得怒发冲冠，大喊一声迫使河水改变了方向，河床干涸露出了火药枪。尕勒腾下深谷拿起火药枪打死了妖蛇，保护了草原。草原恢复了一片生机。

走过石窟，你可以看到一个美丽的小湖，像镜子一般清澈见底，照见人影山村，美妙无比。相传每年四五月，公鹿来这儿照自己的鹿茸角，为求偶端姿照面，人们起名叫鹿镜湖。如果你要饮用此水，捧起水儿一闻，一股硫磺味儿，虽不能喝，但却传说这就是尕勒腾洗自己心爱的火药枪的地方。这里可谓每一棵石树就会有一个优美的故事，每一朵石花就是一段英雄的历史。

一溪溪水从石林中淙淙流淌，小溪两旁生长着许多党参、贝母、冬虫夏草等珍贵药草，这儿自古有“蒙药园”之称。黑熊、雪豹、马鹿、羚羊、狼出没于沟壑，跳跃于石林，嬉戏于小溪，又有“天然动物园”之称。

摄影：杨洪

阿尔先温泉

温泉在巩乃斯沟西北部的阿尔先沟中，巩乃斯乡政府至阿尔先沟有 25 千米便道相通。温泉地处阿尔先沟中部，海拔 2604 米。在长 300 米、宽 30 米的地带里分布着 12 口温泉。人在沟口，云蒸霞蔚，浓雾蒸腾扑面而来，泉水的丁冬咕噜之声已经合奏着送入耳中，仿佛你已经来到了飘飘欲仙的天堂一般，真有走遍天下不走巩乃斯林场等于白走，人活着不来这阿尔先沟等于白活的感觉。

温泉水是地表水渗入地壳板块裂隙，经地心加热后溢出的。由于流程和裂隙的深浅不同，水在流程中融入的矿物质、气体和放射性元素也各不相同，形成了大泉催着小泉，小泉牵着大泉，自成一派的沟谷泉景。

按国家医用矿泉水的分类标准测定，阿尔先温泉的水，矿化度均低于 1 毫米／升，属淡矿水，除克屯才泉、托拉戈泉、奥来根泉 3 个泉水温低于 25℃外，其余 9 个泉的水温均在 43℃~70℃之间。高温温泉可用来沏茶、煮鸡蛋，10 分钟即可食用。泉水口热气腾腾，如锅炉喷泻的蒸气一般，泉眼附近直冒咕噜咕噜的水泡。

阿尔先温泉含有不同量的放射性元素氡，具有多功能的医疗作用。其中的才松泉可作矿泉水直接饮用，有利胆、醒酒、健胃的功效。每逢春暖花开，到温泉药浴者络绎不绝。老百姓还请当地的土尔扈特蒙古族曼巴（医生）依据每一个泉的功能和治病的疗效，给每一个泉都起了一个神圣的名字，什么去毒泉、治关节炎泉、生肌健骨泉、降温泉、治热病的点滴冰泉等。其中甜水泉，水味甜美如甘露，喝了有爽心悦目的感觉。

阿尔先沟风景神奇而美丽。冰川消融从 30 米高的峭壁上端飞流直下，如飞花溅玉一般。在冰舌下又有瀑布飞泻，一时是云雾缭绕，颇为惊人。斜坡式的下泻，陡坝式的跌落，和 12 个温泉交相辉映，使景致更显得五彩缤纷。

在附近断崖古老的岩石上，惊险的绝壁间雕琢了许多宗教岩画，每一幅都有一个动人的故事，其中最引人注目的是香宁神了。传说一对未婚青年来此沐浴之后，雄性万丈，雌素增长，这时一股香气从沟中袭来，使他们魂宁神静，没有偷吃人生禁果，两人为了感谢这位神仙给予的醒悟，拜他为香宁神。

阿尔先沟松杉茂密，莺鸣鸟唱，草青荫覆，花飞蕊旺。这里水碧山奇，石怪林青，草壮花香，鸟歌气腾，八景交融，令人叫绝。更见那高山草甸在气候宜人（平均气温 13.3℃，最高气温 29℃）条件下，生长着党参、贝母、冬虫夏草等名贵中药材，使阿尔先温泉平添了几分秀色。

温泉附近有国家级疗养院，另有 6 家旅馆饭店，接待往来旅客，现已年接待达 20 万人次。去阿尔先沟有骑马的、坐车的，也有人雅兴大发步行去的。阿尔先沟荟萃了各路客人，成为巴音郭楞又一旅游胜景。

美人沟瀑布

美人沟瀑布是从蒙古语浩博萨拉瀑布翻译而来。美人沟离巴音布鲁区所在地 165 千米，离奎克乌苏石林 35 千米。土尔扈特蒙古族牧民说：“这是长胜天给安排好了的，让人就近饱览这两处美丽的风光。”

美人沟长 8000 米，宽 450 米，是云雾缭绕、山奇沟险的一条十分美丽的峡谷。传说当年东归英雄渥巴锡的小女儿浩云美丽无比被长胜天看中，要收归天上做美丽的天使。她正在这里的草地上睡觉，长胜天就悄悄地把她抱走了。巴音布鲁克草原之神很不满意，愤恨长胜天竟然把最美丽的草原女儿抱走，一气之下在浩云睡觉的地方长出了 33 米高的山石，来保护浩云卧侧之地。千万牧民听说浩云去做了天使，悲喜交加，泪水涟涟，泪水化作一道溪流飞泻而下，形成当今的瀑布。美人沟的造型特别像一个美丽的女子头枕天山，脚踏草原，两手纤纤抚摸着葱茏大地。

瀑布好像一道雪山银练从天外潇潇洒洒地飘来，从百十米的高原上飞泻而下，跃入深潭，银花四溅，声如暴雨雷鸣，钟击瓦裂一般。美人沟瀑布海拔 3200 米，顶宽 6~7 米，底宽 15 米，看那峭壁悬崖倒钩挂牵，引得瀑布泼珠喷玉，气雾腾腾，水花四溅，翻滚跳跃。沟内松柏竞翠，桦榆繁盛，古藤青草攀援绿树高枝，山花竞相开放，绿原翠林，雪山美沟，飞瀑云气，一切仿佛都是隐隐约约，若有若隐，虚无飘渺。

美人沟的奇是随四季变化不同景色。寒冬凛冽，瀑布周边白雪覆盖，银装素裹分外妖娆，冰凌披挂，玉砌苍苍，仿佛进入了一个水晶世界。春秋之时，云绕雾障，大气磅礴，遮天蔽日，朦朦胧胧，好像进入了一个扑朔迷离的洞天。盛夏到来，蝶飞蜂舞，花甜草香，薄雾霁散，暖日当空，彩虹飞架，清新如见九天银河，使人称奇。真有“美人藏深山，不顾也枉然，三瀑九跌水，引入去胜远，节令世人惊，探幽赏景天”之感。

塔里木胡杨自然保护区

摄影：杨洪

胡杨是塔里木盆地的“英雄树”。古代西域三十六国人称“胡”。它是塔里木盆地的一种特异的杨树。它的一生都同塔克拉玛干沙漠的风沙做着顽强的抗争，它那粗壮的躯干，繁茂的枝叶，旺盛的根系，历经无数次的自然选择之后，甘居塔里木盆地，制约了沙尘暴，保护了生态平衡，保护了草原绿洲。

胡杨的外形，成年树高十余米，大树的树冠可达二十余米，树干最大的 5 人才能合抱。它的枝干随着年轮的增长逐渐变粗，有的干枝可达半米粗，而初生的枝条只有牙签那么细。它的树皮纵裂，是土灰色。从树干中分泌出的液体，像泪水一般地清亮，人称胡杨泪，又称胡杨是“会流泪的树”。这种液体经过氧化成了碱，人又称梧桐碱，可以当酵头发面，人吃了可治胃痛，维吾尔医生就把它当做一味治胃痛的特效药。胡杨碱经化验含有氨基酸、蛋白质、维生素、碳水化合物、盐碱、多种生物基因成分，可做苏打，可制肥皂，还可将野麻脱胶、制革脱脂。胡杨枝条是紫红色，表皮长了一层小白毛，这是胡杨为了保护自身的水分而自生的保护层。最奇异的是胡杨的叶，往往树顶部的叶是尖形的如柳叶一般，树冠中部的叶是半圆形的，树冠下部的叶又是圆形的，在一棵树上往往有三四种形状的叶。按生长期讲，往往 5 年龄的幼树其叶如丝，6~15年龄的树叶如柳树叶，15 年龄以上的树叶如梨树叶，100~500 年龄之后，一棵树上就会有不同叶形，有点似老树新叶。所以它的另一个名字叫异叶杨。

胡杨是春天的使者，初冬的勇士。春天刚刚到来，在塔里木沙漠中胡杨最先抽出绿芽。当春风吹来之时，它已是蔚然翠绿，迎风摇曳了。而当初冬到来的时候，它又满身披挂黄金甲，最后一个落下金黄的叶。它以惊人的抗干旱、御风沙的能力，给莽莽的沙海增添无限的情趣和生机。

中华人民共和国成立之初，巴州境内塔里木盆地的胡杨有 30 万公顷，1972 年随着罗布泊干涸，382 千米塔里木河道干涸，大片的胡杨林死亡，塔里木绿色走廊逐渐消失。到 1983 年巴州境内胡杨林不足 13 万公顷。

1984年 9 月国家成立了塔里木胡杨保护区，以轮台、尉犁两县的区域为主，尉犁管护 2.42 万公顷，轮台管护 2.57 万公顷。若羌、且末、库尔勒等地市也成立了胡杨林管护站，全部撤销了以伐木为主的林场，到 2000 年胡杨林已发展到 14.75 万公顷。

胡杨给人一种古朴、伟岸的印象。它是塔克拉玛干沙漠中惟一天然成林的树，主要分布在塔里木河中下游，也就是巴音郭楞境内。它姿态各异，就如塔里木的灵魂一般给世人留下了无数的遐想。

胡杨书写了塔里木盆地的历史。在两亿年前的古生代，塔里木盆地处于海陆交替发育的时代，是热带气候。先有藻类苔藓出现，经过翻天覆地的变化，出现了陆生植物裸蕨，以后又陆续出现了石松、木贼等蕨类植物。到了中生代，

摄影：杨洪

塔里木盆地逐渐演化为大陆环境，气候也演变为以亚热带干旱气候为主，塔里木盆地又出现了裸子植物，银杏类、松柏类繁盛。到新生代晚期，被子植物开始登场，木兰、百合遍地开放。进入新生代塔里木盆地由亚热带气候向暖温带转化，气候变为以干旱为主，热带常绿植物银杏、木兰受不了冬天的严寒退却了。就连落叶阔叶植物也明显减少，只有耐寒、耐沙、耐盐、耐旱的胡杨、灰杨、沙枣、柽柳成为塔里木盆地代表树种。塔里木胡杨林保护区内现存植物有 22 科 57 属 80 种，存 1 种蕨类植物，79 种被子植物。使植物学家惊喜地看到，塔里木盆地植物中有较多的古老树种和特有种为世界所罕见，如沙粉枣、柽柳等。

阿尔金山野骆驼自然保护区

野骆驼为世界珍稀动物之一，国际自然资源联合会将它列为易危品种，在中国属于一类保护动物。1986 年中国成立了阿尔金山野骆驼自然保护区。它位于昆仑山脉的阿尔金山东段北麓山前倾斜的平原上，地属若羌县。东经 90° 13'~92° 38',北纬 38° 42'~39° 30',东西长约 250 千米，南北宽约 80 千米，面积为 15125 平方千米,边缘与库姆塔格沙漠相连,海拔在 1330~4347 米。

保护区主要动物除野骆驼外,还有藏野驴、藏羚羊、雪豹、盘羊、野牦牛、雪鸡等,此外还有一批为数稀少的动物如狼、狐、黄羊等。

野骆驼又名双峰驼,是典型的沙漠动物,产于中国北部,分布于新疆、内蒙、甘肃、青海,是阿尔金山的代表物种之一。

野骆驼以其较细长的四肢，较浅淡的土毛色,矮小的驼峰和狭长的头部而区别于家驼。它主要以盐生植物为食,芦苇、大白叶麻、骆驼刺、鸦葱、盐穗木、泡果白刺为其主要的摄取食物。夏季由幼嫩多汁植物中获取水分，基本可以满足代谢的需要而不喝水。由于它性情温和,走路缓慢,很少出汗,体内水分蒸发慢,对沙漠的气候适应性强,夏季四五个月不喝水是常事,秋后对水分依存性增强,无雪的冬天,水源干涸可导致死亡。

野骆驼嗅觉特别灵敏，如顺风嗅到人味很快躲到几十里外;如果人要伤害它,它可以喷出一种很臭的唾液，将人臭昏窒息死亡。由于沙漠、荒漠地带极度缺水,野骆驼几十里以外就能嗅到水源，而且能辨别沙漠中零星的水源散发的水气。野骆驼记忆力强，它能沿着古老的驼道,准确找到历代在此栖息而发现的水源,把信息在种群中传递下去。野骆驼在阿其克谷地、罗布泊、库木塔格沙漠、阿尔金山等地饮用的水源水质矿化度高达 12.6%。一般用苦盐水解渴，往往在栖息中避而不饮淡水，高盐分已成为其机体特殊的生理需要，对干旱环境高度的适应性,使其可与淡水栖息地隔绝。

野骆驼多群居生活，一般 7~13 峰小群生活，每群由一峰成年公驼和几峰母驼及仔驼组织成群。4 月发育交配,母驼怀孕 270~280 天，第二年 1 月初产仔，多为一仔，生育生长期两年,成活一般为 50 年,有的可达 80 年。

清光绪二十七年(1901 年),阿尔金山、库木塔格沙漠有骆驼 1 万峰左右。至民国二十一年(1932 年)由于人类的大量捕杀,野骆驼数量急剧下降,已不到 5000 峰,至 1949 年不到 2000 峰。1986 年仅不足 400 峰。国家成立自然保护区后,对野骆驼全力进行保护,到目前已发展到 1000 多峰。国际自然保护协会通过决议,把野骆驼列入“应加以绝对保护的动物种名单”。1987 年巴音郭楞各族人民又将其列为州兽。

巴音布鲁克天鹅自然保护区

巴音布鲁克天鹅湖地处巴音布鲁克大草原中部，在一处长 30 千米、宽 10 千米的沼泽区内。这是一处天然的高山湖泊，它由长达 8 个大“S”形的奇观组成，其“S”之谜，是至今世界上未被破译的地理之谜之一。这里海拔在 2400~2500 米，夏季气候凉爽宜人，温度一般在 20℃以下，对于喜凉怕热的天鹅来说，这里成了它们的天堂。这里湖水清澄，花草茂盛，环境怡静优美，四周群山环绕，有的山还有皑皑白雪。珍珠般的小岛、曲折的小溪和迷人的浅湖将

摄影：晏先

远山近水的草地衔接起来，构成了一幅绝妙的山水画。这里是目前中国天鹅最多的地方，有大天鹅、小天鹅、疣鼻天鹅，以及灰鹤、白鹭、金雕、斑头雁等128种鸟，各种水禽可达10多万只，1986年被国务院定为国家级天鹅自然保护区。

聚居在天鹅湖周围的土尔扈特牧民，世世代代视天鹅为象征吉祥幸福的神鸟，爱天鹅如命，天鹅使他们生活不孤独。两百多年来，他们极力保护，禁止任何人射杀、捡拾鹅蛋，所以天鹅和他们都成了好朋友。天鹅越聚越多，今天规模数以十万计。人们喜爱天鹅，不仅是因它美丽的外表，更多的则是因为天鹅秉性高洁，气质温和，又不祸害庄稼。小天鹅成熟后，雌雄终生为伴，彼此忠贞不渝，共同筑巢，交替孵卵，相互平等。每年10月秋风吹来，群鹅举家南下，其中有只天鹅迟迟不飞，原来雌鹅不幸有病夭折，雄鹅终日肃立于雌鹅旁，直到3天以后，有人把那只死鹅拿走悄悄埋葬，它才一飞三叫悲伤离去。次年春来，它又来此默哀。人们把杀豺狼、驱虎豹的猎手称为英雄，把捕杀天鹅的人称为凶手。

这里最常见的是大天鹅，成年天鹅身长达一米以上，体型肥胖，脖颈细长，翅膀健阔，鸣声洪亮。它不仅水中游弋自如，而且擅长长途飞翔，古人称其一飞千里，其飞行速度每小时140多千米，在鸟类中仅次于尖尾鱼燕。飞行高度可达9千米，能飞越地球之巅的珠穆朗玛峰，是鸟类中的高飞冠军。天鹅以浅水中的水草为食。雌天鹅4月下旬产蛋，每窝4~8只，雌雄结对，每只重约0.5千克，孵化期为31~35天。小天鹅出壳后即可下水觅食，3个月体重可达10千克，秋后可随大天鹅振翼高飞。每年五六月脱羽，每年一度的换毛期间，不能起飞，只能在水中游动，在岸上行步。此刻的生活不能自理，往往鹅行鸭步。

摄影：杨洪

轮台胡杨林森林公园

位于轮台县南四十多千米处，壮阔的塔克拉玛干沙漠腹地。世界上 1200 个森林公园分布在一百多个国度，沙漠胡杨林公园只有这一家。

进得公园正门，首先映入眼帘的是 3 棵合抱不交的古老胡杨树。它们树干内部已空，而树冠却依然枝繁叶茂，投下大片绿荫，遮去了似火的骄阳。

3棵奇树左边是一湖碧水，这是塔里木河自然泻洪形成的一个小湖。森林公园开辟后，第一年来了 4 只白天鹅，以后又有数只飞来，即使在冬季也不肯离去。湖水的周边都是茂密的胡杨林，游人可在岸边垂钓，湖中的鱼很多，不时可钓出大鲤鱼、黄花鱼。湖中有游船，你可畅游，同天鹅嬉戏，天使般的天鹅会和你交谈的。

公园前边是野猪林，真正的野猪早已被吓得逃遁了。走进密林深处，有野羊、野鹿、野狐、野兔出没其间。野草野花惹欢逗奇，野树野果直撞人头，野气野味意味无穷。高大的胡杨会使你爬上它的高枝，远望塔克拉玛干沙漠，森林和大漠的风光顿时使你也“野”了。

公园的东边有一处西汉时期的墓葬，据考证是汉朝官兵在此积谷屯田时的遗迹，虽经两千多年变迁，依然可以看出墓葬的规模。虽然有几百年前盗掘的痕迹，但是依然保持了墓葬的原貌。

沙漠胡杨林公园占地 4.5 平方千米，1997 年开园。随着塔里木石油勘探开发，无数的石油人日夜沐浴干旱风沙，非常需要一个美好的憩息之地，休闲之地。由此石油人成了公园的常客，外籍员工对其更感兴趣。轮台、库车、库尔勒、喀什、乌鲁木齐和不少的中外游客，都千里迢迢地来此领略这大漠森林风光。

2 名胜古迹

摄影：杨洪

渥巴锡大汗营

渥巴锡大汗回归祖国第四年（乾隆三十九年，1774 年 5~10 月），在八世达赖坚白嘉措和六世班禅巴丹益喜的邀请下，渥巴锡大汗一行一百多人赴西藏和青海敖茶礼佛，归来后到了库尔勒城南，好客的库尔勒人为迎接大汗归来，在此建起了一座英雄渥巴锡大汗营，一时绿凉覆荫的香梨园满园都是热情，散发着令人心醉的香气。在几百公顷草地中的渥巴锡大营，左有多尔济大营、舍楞大营，右有巴木巴尔大营、默门图大营，下有恭格大营，中间又有一座特大的老少妇女营。

东边还有一座隆起的英雄神庙，上方是爱国神殿，左有阿尔先庙，右有巴音庙，下方是回归神殿，中间又有一座大佛塔。在上庙供奉释迦牟尼大佛以及张骞、苏武、岳飞、戚继光、辛弃疾等历代爱国英豪，在左庙供奉有观音菩萨和白度母、绿度母等佛，在右庙供奉有土尔扈特历代祖先，在下殿供奉有东归牺牲的十余万英雄和历代中华爱国华侨之魂。

西边又有隆起的土尔扈特图腾堂，上有英雄鹰堂，左有和平鸽子堂，右有自由灵马堂，下有豪杰狼堂，院中央还有一座绸扎的大敖包。

洛桑丹增一看此地了得，南有日月当空托福之空灵，北有巴音布鲁克祥邀之人杰，东有华夏圣贤腾越之大气，西有释迦牟尼送来之佛风。只见远处的天山和近处的香梨园都靠着博斯腾湖，库尔勒明媚秀丽极了。香梨林郁郁葱葱，葡萄架浓荫遮蔽，丝绸之路灵跃起伏，到处都是令人心旷神怡的幽静之地，到处都是趣意盎然的生动景象。一条圣灵般的孔雀河从天山中飞泻而来，激流的哗哗声打破了香梨城沉思默想的寂静。这座城市是一个环形美丽的水域，富饶神奇的水乡，塔里木河与孔雀河冲刷而成的金三角水城，汉族四合院的方正大气，维吾尔族索合拉房的玲珑小巧，回族厅厦房的宽敞舒适，蒙古包的称心独特，给这座香梨园提供了千姿百态的景致。

这是一座在漫长的岁月中历尽沧桑的城市，只有在这里才能产生最甜蜜的享受和最强烈的感动，并常常引起幸福的回忆和对东归圣路持久的怀念，从中找到无与伦比的快乐。这迷人的图景将引起人们心驰神往的幻想，这里的景物会超脱人们的感官意识，使人们永远清醒。在融化了的愉快的时光中，所有的一切生活都会变得亲切可爱。这里的一切都不受思想的限制，随时可以自由地遐想，悠闲地想象，惬意地陶醉。

洛桑丹增不由得在此卜了一卦，对渥巴锡说："库尔勒就是我蒙古族土尔扈特人与和硕特人最为吉祥之地。万里风月，一朝奠基。十万神灵，天地圣祭。"

尉犁罗布人风情园

尉犁罗布人风情园位于尉犁县西南的琼库勒村，距县城 30 千米，距库尔勒市 80 千米。

琼库勒罗布人风情园的原始胡杨森林墨绿翡翠，枝丫藤蔓互相交织在浓荫之中。拨开胡杨林，从树缝中、树丛中、胡杨甬道中可以看到古老的罗布人家——一群在大漠中放射着异彩的胡杨人，一群和塔里木沙尘暴搏斗的最原始的大自然人。

罗布人原是单一的食鱼民族。《魏书》称："其俗风和吐谷浑同。"吐谷浑当时居青海北部和新疆的若羌、且末一带，为鲜卑族的一支。罗布人世世代代生活在与外界隔绝的罗布泊沿岸，小湖、小塘、小湾、小水池旁，他们称之为小海子。封闭的生活环境造成了他们与之相适应的独特而又原始的生活方式。罗布人不种五谷，不牧牲畜，惟独木舟捕鱼为食，或采罗布麻，或捕芦苇鸟剥皮为衣，或以水獭皮和芦苇鸟之翎，拿到尉犁、若羌、库尔勒回庄货卖，易布以代衣。他们没有货币概念，只是物物交换。

他们热爱生活，热爱劳动，年近七八十仍劳作不息，常聚集五六人带着罗布麻编织的网和鱼叉、大头棒，划着胡杨独木舟下湖捕鱼，舱满归来，一任全村各家随意取食，食尽再捕，不分彼此。罗布人吃鱼都用清水煮吃，从来不放盐、油和佐料，吃不完的鱼清洗后晾干以备冬日食用。他们把蒲昌花和面吃，有了病用蒲昌蕊熬汤喝。罗布人互为婚嫁，嫁女时族里陪嫁一个小海子，成婚的日子，齐集海子边吃烤鱼，在唱歌跳舞的欢乐中完成婚礼。长寿老人多，一般在七八十岁以上，还有九十岁和上百岁的新郎。不过现代的罗布人，已经踏着时代的脚步向我们走来，他们将故乡办成了中外客人游览的胜地。到了这儿你可以乘独木舟，捕猎撒网，素食鱼，听罗布方言，欣赏罗布情歌，跳篝火罗布乐舞，住他们睡过的茅草屋、芦苇屋、胡杨枝屋，领略古老的民族风情，享受回归原始部落的乐趣。你还可以涉小海子，穿行胡杨林，狩猎黄羊、马鹿，浴沙、溜沙、滚沙。登上塔克拉玛干高高的沙丘，一览沙漠风光，将会使你展开无尽的想象。

且末国家狩猎场

1993年4月26日，国家成立昆仑山且末狩猎场，这是新疆第一个国家批准的正规狩猎场。距且末县城150千米，在昆仑山的塔特勒克苏与江尕勒萨依之间的地区，面积为100平方千米，平均海拔3000米左右，东经84° 40'，北纬36° 82'。1993年开张不久就接待了西班牙客人瓦兰丁先生，他猎取了马鹿等两只活物。

且末国家狩猎场的地形，有的陡峭，有的平坦。陡处层峦叠坡，巨石拱列，看上去不高，却极其难走，非用手攀脚爬不可，否则你就无法逾越它设下的屏障。据考察此地的科学家说："只有在这种情况下打到的猎物才能真正体会到乐趣。"说它平坦，也只有一小块地方是平坦的。哪一座山都没有平坦如砥之处，只是相对陡坡而言罢了。那是供狩猎者调整情绪的地方。

且末国家狩猎场的野生动物可是够多的，黄羊、野鹿、雪鸡、野鸭、狡猾的孤狸、惊吓的兔子，当然有许多国家一二级保护动物，如藏羚羊、藏野驴、野骆驼，国家是不让猎捕的。但开办狩猎场，这些珍贵动物可照样来，它们可能会碰到狩猎者特别的子弹照顾。所谓特别照顾就是麻醉弹，狩猎者可将动物开枪打麻醉，提高打猎信心，在打倒的猎物旁摄影留念，但绝不能带走。动物醒来后，还要放生大自然，不过你打倒的黄羊、马鹿尽可带回。

且末国家狩猎场的野生植物可谓绿满昆仑，胡杨、柽柳、山杨长满了大岭小丘，数不尽的野草野花争相斗奇，光高级植物就达200多种，当然最多的是芨芨草、茅草、火绒草、野苜蓿等知名度较高的草。还有不知名的海韭菜、昆仑麻黄、水麦冬、梭罗草等，一步就是一个花的天地，一步就是一片新的草原。花草中各种野生动物特别多，为勇敢的狩猎者提供了一个全新的天地。

且末国家狩猎场最奇的是它的湖了。这里分布着大大小小的几十个湖，在湖边狩猎往往收获最大，因为各种动物都来湖边饮水，这就为狩猎者提供了一个极佳的机会。昆仑山上有一湖一洞天之说。这是说在一个湖边生长的植物都不相同，动物也是有自己的湖饮水，好像动植物都有自己的领地似的。来此考察狩猎场地的专家之所以同意在这里建国家狩猎场，是因为猎人来这里打猎总是有收获的，这里的动物有点儿偏执，容易捕获。

轮台国家名特果树圃

轮台国家名特果树圃位于轮台镇西部的喀勒塔勒河东岸，总面积 150 多公顷，1985 年建为国家果树种植新疆名特果树圃。目前是中国西部最大的一个果树资源圃。巴音郭楞各族人民简称其为轮台国家名特果树圃。

轮台是果树荟萃的地方。这里从新疆各地和其他省市引进各种果树品种 400 多种，如香梨、苹果、石榴、杏、桃、海棠、李、核桃、山楂等。仅杏就有 100 多种，有大白杏、小白杏、粘核杏、晚核杏、黄油杏、李光杏、馍头杏、库车杏、山东杏等。

这里还为全疆乃至全国提供嫁接的母本树种，是果树品种的资源地。经过长期的科学实验和培育试种，有的采取野生母本提纯复壮，变异为另外一个优秀的品种；有的为了保持果树母本在本地的生长优势，开花时都隔离开来，使花蕊互不相传，形成了独具特色的果树种苗和名特果树。全国每年来此订树种的络绎不绝，往往是果实还没下树，早已是名树有主，名果有主了。

轮台园艺生产历史悠久。《大唐西域记》记："有屈支国东西千余里，南北六百余里，有葡萄、石榴、梨、杏、桃等"。清朝编辑的《轮台乡土志》记载："杏、桃、榆、杨、梨、葡萄、沙果、沙枣等 11 项民间随处种植，均为常产。"

国家多次对轮台进行果树资源调查。1959 年 10 月，国家对轮台果树资源进行调查，查明有梨、苹果、杏、李、桃、核桃、葡萄、石榴、红枣等十余种果树。当年 8 月国家又派果树资源调查队来此调查整理出 43 个果树品种，14 个甜瓜品种，3 个西瓜品种。1982 年，果树专家胡向远、技术人员于强重点调查果树品质资源，分类整理出 38 个品种资料。1984 年轮台县完成园艺的区划规划工作。1985 年国家又一次来此调查出有果树 16 个种类，80 多个品种，并得出结论：轮台气候日照时间长，昼夜温差大，土壤微量元素丰富，水质优良，各种生物对果树病虫害属自然抑制免疫，是标准的绿色水果。1985 年即被国家建为国家果树种植名特果树圃。这里现已辟为旅游景点。

西海金沙滩浴场

西海金沙滩浴场位于博斯腾湖的北岸，和硕县东部30千米处，在东经88° 32′，北纬41° 25′，海拔1050米。连绵不尽的沙滩湖岸，碧波荡漾的清澈湖水，一丛丛麻黄草和红绿相间的红柳树丛，形成了金沙滩四周的生态绿化带。

金沙滩最美是它的沙。沙质闪亮，沙色金黄，一般颗粒都在0.5~0.8毫米。沙粒均匀，是天山花岗岩、长英岩、砾质岩、石灰岩风化，再经洪水冲刷而淤积在这博斯腾湖岸。据科学家测定，金沙滩沙粒含有多种微量元素，氡、锌等对人体有特殊的疗效，每年慕名前来埋沙、堆沙、卧沙治病的人络绎不绝。金沙能治疗关节炎、肩周炎、腰肌劳损、腰椎病等多种疾病。

传说西海是王母娘娘的浴场，曾见她带七仙女来此金沙浴、日光浴、湖水浴。神话毕竟是神话，是人们美好的神往和想象，但又给人带来无限的乐趣。

1984年8月班禅十世活佛来此进行了三浴。据当地的蒙古族牧民讲，从此这里湖水倍加清澈，沙滩时时耀金，太阳在这里无比明亮，仿佛处处都漫上了一层神秘无比的佛光仙气。每年遇有蒙古族重大节日，他们都要洒酒于天、于滩、于湖、于水敬拜。

金沙滩的确人杰地灵。它背靠形高于天的天山，面对浩淼碧波的博斯腾湖，东边运风行气于河西走廊，西边通灵畅光于焉耆绿洲。好一处宏伟雄势之地，又怎不令人神往。每年从乌鲁木齐、克拉玛依、库尔勒、阿克苏、兰州、西安等地专程进行三浴的人达数十万人，接待外国游客也不在少数，近几年更是"火"了起来。2000年7月全国女子沙滩排球赛在此举行，观众达二十余万人。国家沙滩排球赛官员专程来此考察，评价为中国最佳的沙滩排球赛场地。要在金沙滩进行国际大赛，金沙滩的名气比往年更大了，各种服务设施更为齐全，宾馆、商店、饭店、鱼味餐厅、卫拉特蒙古餐馆布满沙滩四周。供游客换浴衣的个人小帐篷就有一万余顶。大型的遮阳伞千余把，各种游泳、沙浴、日光浴的器材应有尽有。

楼兰古城

摄影：杨洪

楼兰古城位于巴音郭楞东南部，罗布泊以西，若羌县境内。东经 89° 55'22''，北纬 40° 29'55''，整个遗址散布在雅丹地貌中。楼兰古城遗址地形复杂而奇异。这里有 4 条干涸的大河床，两岸又密布着干涸的河渠和小塘，遗址就坐落在第四条大河床和两条小河床的分岔之间。这 3 条河在遗址以西 6 千米处分开流入城中，又在其以东 16 千米处交汇，再注入罗布泊。大自然竟然造就了这分分合合的巧夺天工之妙。

历史上楼兰是西汉时期西域三十六国之一，又是西汉通西域的枢纽，在古代四大文明的碰撞交融中占有极其重要的地位。丝绸之路就从这里走向西方，而巴音郭楞的玉石之路也是从这里走向世界的。它于公元前 216 年至公元 430 年消亡，共有六百多年的历史。期间前 600 年是楼兰王国的政治、经济、文化中心。它西北通尉犁、焉耆，西南接若羌、且末，东至敦煌。古代丝绸之路的南北两道就是从楼兰分道的，随孔雀河和塔里木河的改道，沙进人退。当时的人们最终无法和大自然抗衡，退出了这块宝地。部分科学家认为楼兰城的消亡是一个千古之谜，这引起了世界大争论，一百年来一直沸沸扬扬。楼兰由此而闻名于世界。

一百年中楼兰出土的文物震惊世界，有珍贵的晋代手抄《战国策》、汉代五铢钱、贵霜钱币、晋唐钱币、织工精细的汉锦丝绸、汉文、粟特文、佉卢文残简，这些都有极高的考古价值。

楼兰城东西长 333.5 米，南面长 329 米，西北两面各长 327 米，总面积为 10.82 万平方米，四面城墙建造顺应风势。城内布局东北区佛塔，东南区交易市场，西北区官署，西南居民区，布局合理，符合楼兰人的习俗。东北佛塔是人们宗教祭祀的场所，仿佛要坐北向南的泥佛迎来东边的太阳，携北方的神灵降福于人民。佛塔南面是市场，这样的建筑非常符合现在新疆民俗中宗教建筑旁设市场的格局。西域故事中有不少关于如果商人买卖不公，就要受到神灵的惩罚，仿佛神随时在呵护帮助消费者，随时监督管束着商人，不准他们使假骗人。至今新疆商人民风淳朴，很少有短斤少两、欺诈消费者的。在佛塔西面是官署三间房，东边的太阳和西边的官署仿佛是神的左臂右膀，保护着芸芸众生。好像官署离神佛近，就会制止官员行私舞弊，官员们看到佛法无边和佛的公正威严而收敛他们贪婪的心。这就是楼兰人民以及华夏人民一般将官署设在佛堂边的原因之一。

营盘古城

营盘古城位于巴音郭楞东南部，孔雀河北岸，距库尔勒市 137 千米，距尉犁县 170 千米，在库鲁克山支脉兴地山以南的戈壁滩上。东经 87° 47 '，北纬 40° 56'，海拔 848.8 米。营盘古城周围地势平坦，它背靠库鲁克山，面对塔克拉玛干沙漠，东接龙城雅丹，西连塔里木绿色走廊，是丝绸之路上一座名扬中外的古城，被历史学家称为“第二楼兰”。

营盘古城是西域三十六国之一山国的都城，它是丝绸之路北道的必经之地。相传西汉时曾在此屯田聚兵。1989 年 10 月，巴州文管所曾在此挖掘出土了大量文物。1992 年 9 月有关部门曾把出土的木器、刀箭、针线、地毡、毛褥、毛织绣枕、黄色花襟、毛布裤子运往日本展出，引起震惊。1995 年挖掘出了彩棺等价值连城的国宝，又一次引起世界注目。

营盘古城分为四部分，一是城郭，二是大佛塔，三是烽火台，四是营盘古墓地。

营盘古城的奇妙之处在于它是一座圆城，直径 350 多米，9.5 万平方米。城墙厚度为 5 米，高度一般 5 米，最高处可达 7~8 米。夯土干打垒建筑，即一层湿土 0.5 米左右，垫放一层 5 厘米的树枝条，又一层夯土，又一层树枝条，如同现代建筑中砌几层砖放一层钢筋增加拉力原理一样。有东、西、北三座城门。最近出土的汉代陶片等文物证明，城内有人类居住的建筑遗迹三四处。

中原汉文化的传统建筑，其特色是方城，如楼兰古城、交河故城、高昌故城等，而营盘古城的巨大价值取向在于它是西方文化传统，建筑特色是圆城。目前中国在塔里木盆地相继挖出几座圆城，如尼雅古城、安迪尔古城，而城墙的影子都不见了。营盘古城两千多年来竟然保存得如此完整，真是一件莫大的幸事。它的存在，证明了东西文化的交融，在塔里木盆地诸多建筑艺术中得到了充分的体现。它是四大文明融汇点和碰撞点，也说明了中国各族人民自古就有友好开放的传统，善于吸收各种外来文化，使中华文明更加博大精深。

大佛塔在城郭西城门的 60 米处，也是圆形，高有十余米，直径为十余米。烽火台在距离东城门 4 千米处的兴地山，在城郭的东北部，直径有 4 米多，高 4 米多。古墓地离北城门约 3 千米，大部分建在兴地山的小丘上。

现巴音郭楞各族儿女正对营盘古城强力保护，古城的四部分建筑已建铁栅栏。来这儿旅游极为方便。在营盘古城 3 千米处，有一口不小的山泉一直汩汩流淌。1958 年至今都有新疆生产建设兵团 35 团一百多个职工在此屯田，开垦良田已达上千公顷，最近另盖了十几间新房子供游人来此住宿。2000 年 10 月巴音郭楞人民开始修建库尔勒至营盘古城 137 千米沥青公路，一个多小时就可到营盘古城。另外从敦煌、尉犁、三十五团均有公路通营盘，国家即将建设的新青线铁路也在此通过。中外游客可尽情一览它的风采。

轮台古城

轮台古城位于轮台县城南约 20 千米的塔克拉玛干沙漠中，东经 84° 02'，北纬 41° 31'，海拔 942 米。1957 年国家定为省级文物保护单位，名称定为轮台古城。其原名叫做柯尤克沁古城，或金玉克协海尔古城，维吾尔语为“灰烬城”或“烧毁的城”。民国十七年（1928 年）北京大学地理系教授黄文弼来此考察，认为此城建筑相当早，考证为西汉时仑头国的国都遗址，历史上也称其为仑头城。

古城呈长方形，周长 940 米。残存的墙基宽约 5 米，残高 1~5 米。城墙均为土筑，虽因盐碱化极重，但城墙结构风蚀两千多年后，依然可看清其轮廓——沙铺基层，柽柳、胡杨枝为防潮层，夯土筑干打垒 0.67 厘米后，再加树枝条拉筋，依次向上打筑而成。古城墙的西北角和西南角有豁口，残宽约 5 米，考证为城门。与营盘古城、博格达沁古城城门方向巧合一致。可能当时昆仑山雪水融化较快，南风较多，而把城门都设在东西两侧。城内适中位置残存有土筑的长方形高台遗址。高台残高约 10 米，长约 70 米，宽约 40 米，高台上保存有土坯垒筑的房屋遗址和文化遗物。城内其他部分较平整，没有见到任何建筑遗迹。城外自西北向西南处残存有古渠道遗迹。城内高台遗址曾出土陶器和石器。陶器为夹砂褐陶、夹砂红陶，皆为手制，火候较低。器物为釜、罐、钵，还有彩陶器的残片。石器主要有磨制石镰刀和加工谷物的石磨盘、石杵等石质工具。

据《史记》和《汉书》记载，汉太初三年（公元前 102 年），汉武帝为征服匈奴，派贰师将军李广利两次讨伐大宛国。在第二次远征讨伐途中，路经仑头国国都仑头城，国王关闭城门，不提供粮草，被李广利率部攻破。

第二年仑头城遭到了一次毁灭性的劫难。据传说，仑头国的国王听说汉朝皇帝有三宫六院众多嫔妃，羡慕至极，就娶了 8 个老婆，天天是亲着阿爱，抱着阿密，搂着阿姣，淫火万丈。日夜淫乱不停。他不理国事，不关心人民死活，待仑头国颗粒无收，竟然不开仓放粮，救济灾民。人们以野菜度日，天天祈祷上苍，惩治这个邪火国王。天神一怒之下一把火烧了仑头城，国王一同化为灰烬，所以仑头城又叫做灰烬城。《汉书》和《史记》虽没有记载此地人民的传说，却记载了仑头城化为灰烬的事。从此仑头城不复存在。

博格达沁古城

博格达沁古城位于巴音郭楞北部，焉耆回族自治县四十里城子乡。东经 86° 30'，北纬 41° 57',海拔 1051 米。1962 年被国家定为省级文物保护单位。博格达沁是维吾尔语，意为“高大宏伟的城”。

博格达沁古城是汉代焉耆国都员渠城,也是唐代焉耆都督府的治所,唐朝开元七年(719 年)设置的焉耆镇也在这里。北京大学地理系教授黄文弼在《塔里木盆地考古记》中说:“审是形势和军事设备,或为唐焉耆镇所在地。”

博格达沁古城是焉耆盆地最大的一座古城，周长 3088 米，古城略呈正方形。残墙高 3.5~4.5 米,墙基宽 10~20 米,墙基础完整。城墙为夯筑干打垒建筑物,夯层为 10~20 厘米不等。城中两处较大的土堆上有土坯砌筑残迹,最大的一处周长为 143 米,可能是古代重要的建筑物。城内西北角有一座夯土堆,高约 4 米,是正方形。4 面城墙有豁口 8 处,其每面城墙中均有一豁口,外突以为城门。城外四周低洼有河道残迹,以为护城河。验证城墙上,可以看出上层为垛泥建筑和下层夯土建筑有明显的不同,其垫层拉筋材料下为树枝,上为芦苇。从中化验下为汉朝建筑物的遗迹,上为唐代重修的遗迹。汉唐两代城池的建筑材料和两个鼎盛朝代所表现的规模均有所不同，其城占地达 6 平方千米多,与玄奘的《大唐西域记》中“城周六七里”记载相符。“城墙之厚实,城池之雄气”,也反映了汉唐两代统治西域坚实的基础。

古城周围 1~5 千米范围内,有 7 处防卫建筑,当地人因土色不同分别名以黑、青、白疙瘩。在古城东约 0.5 千米处,有卫星城一座,周长约 1400 米。再看其幅射,古城北有天山做护卫,西有霍拉山为屏障，南有库鲁克山为扼咽喉的铁门关,东有博斯腾湖为依托,其势有挟焉耆绿洲以会西域三十六国，屯富足以制天山南北之雄心。这真是一块攻可胜,退可守的重地。从城池的选点、建筑设计规划无不看出了统治者的良苦用心和建筑师的独具匠心。

博格达沁古城内风蚀严重,而遗物却相当丰富,曾出土过陶罐、陶杯、金铜饰件、料珠、石珠、东汉五铢钱币,东汉的开元通宝,乾元重宝和大历元宝,以及波斯萨珊王朝的银币。还有一件极为精美的三耳红陶罐,器壁很薄,制作精细,烧成火候高,在每个耳上都有一个模制的头像。有的神情安详,有的姿态欲站,有的庄重严肃。虽然规模小,但是造型十分逼真,脸形圆润,功底厚重,形式别致,可以看出已经摆脱了隋代初期的造型模式,面相比例已向头大额方发展,已向唐代灿烂辉煌的写实造型艺术过程迈进。

米兰遗址

米兰遗址距若羌县城东 80 千米处，距新疆生产建设兵团三十六团有 2 千米。东经 88° 58′，北纬 39° 13′，海拔 939.1 米，处于塔克拉玛干沙漠之中。米兰遗址共分三部分：一是古戍堡，二是屯田区，三是佛寺。佛寺遗址最为壮观。把挖掘的屯田区建筑群一起算，可达 4 平方千米，是座颇具规模的遗址。1962 年国家定为省级文物保护单位。

西汉时，此地为楼兰国管辖的伊循城，维吾尔语称其为“突布提城堡”，意为“种地人的城”。汉昭帝元凤四年（公元前 77 年），楼兰国王尉屠耆请求汉王朝派一将领率兵到此屯田积谷，汉王朝却派一司马和士兵官吏 40 人屯田伊循城。中国著名史学家冯承钧、孟凡人等对唐代的史书提出了质疑，国际史学界也参加了这次大争鸣。米兰古城又一次名扬中外，引起了中外旅游者极大的兴趣和梦幻般的神往，每年参观者络绎不绝。

摄影：杨洪

唐代时，此地为吐蕃所占，被吐蕃建成军事城堡。20 世纪初，中国国力最弱之时，英国人斯坦因趁机来此地进行挖掘，盗走了佛像、壁画等大批文物。1973 年中国的考古专家发掘了古城堡遗址。

古城堡呈长方形，东西长 70 米，南北长 30 米，总面积 2100 平方米。墙宽 2 米，城墙距城内地表 2.5 米，距城外地表 5 米，防潮层和拉筋建筑材料大部分为红柳枝条，20% 是胡杨枝条。墙体和基部为土坯砌筑，每砌 3 层土坯放 1 层拉筋材料，每砌 1 层放 1 层泥，泥层 2~3 厘米。砌筑技术颇为讲究，有立坯、跑坯、顺坯 3 种砌法，注重了老虎茬式填加泥。土块为 44 厘米 × 22 厘米 × 11 厘米大小。城北和城西有平地穴式长方形房屋多间，东西长 2.5 米，南北宽 1.5 米，大小和楼兰古城三间房惊人地相似。北墙、西墙保存完好，东墙城堡保存基本完整，南墙损坏严重，几乎全部坍塌。从残迹看，被人为拆走。1973 年在房内挖掘出大量吐蕃文木简。1989 年在城内发现了大量陶片，城堡东南有供瞭望用的平台。

在屯田区登上城堡瞭望台，景物尽收眼底。城堡东南沿着一条宽 10~20 米、长 37 千米的引水干渠分布着 16 个屯田卒居住的村落和一个炼铁炉的遗址。干渠引水于米兰河，沿线有 7

摄影：杨洪

条支渠，采用集水于干渠、分水于支渠、节灌于毛渠的梯级灌溉方式。灌区面积 3000 公顷，渠道布局严整，水头控制得法，是迄今发现的古灌区中少见的。如今灌区土地有数十厘米的河砾石，下面是肥沃的黄土层，其上还保留有犁耕的痕迹。

佛寺由佛塔 8 座和佛寺 3 座组成。一般高 3~6 米，基底宽 4~10 米，有夯土干打垒砌筑，也有土坯砌筑，有的上部是中空的圆形，塔顶部已残破。11 座佛教遗址均有盗洞，破坏严重。1906 年 12 月至 1907 年 1 月，斯坦因在此挖掘，从回廊内壁上揭走了著名的有翼天使壁画 8 幅。有翼天使的形象带有浓厚的佛教艺术特色。壁画上题有 佉卢文题记，经斯坦因等人解读，是画家的名字及其所得报酬的数目。从 佉卢文所使用和消失年代看，米兰遗址当属西汉。有翼天使画壁建筑材料很为惊人，所用底层抹面材料由羊毛、罗布麻丝，加上沙子、石灰、树胶搅和而成。现代建筑称麻道灰，就是现在高级建筑中也很少用这种材料，抹在墙上平整如纸，如同石板一般结实。画家在上用红、黄、绿等七色绘画。这么高级的装饰抹面材料和土坯等简单的墙体材料相结合，这就为斯坦因盗走壁画创造了便利的条件。斯坦因还曾在此盗走一个大佛头，头高达 90 厘米。1989 年中国考古工作者又在一塔洞中发现有翼天使壁画两幅，和盗走的 8 幅风格相同。这里的壁画曾经有皮珊多罗王子的本生故事，青年男女因缘故事壁画等，均被斯坦因盗走。

佛寺分东、南、西三座大寺，以东大寺为代表性建筑。南大寺是中国传统绘画型建筑，西大寺侧重于犍陀罗艺术风格。中国古代著名法显、惠生、玄奘僧人在西去天竺的途中都经过这里，并讲法拜佛。史书多有记载。

摄影：杨洪

且末遗址

且末遗址位于且末县城西南 5~6 千米处，距库尔勒市直线距离 550 千米。地处东经 85° 25',北纬 37° 80',海拔 1273 米。1957 年国家定为省级文物重点保护单位，并确立为且末古城即在该遗址内。

遗址地表无植被，已沙化，呈雅丹地貌。在东西约长 1 千米、南北宽约 200 米的范围内，地表散布着大量的陶片及铁块、炼铁渣等，曾采集到数件磨盘石残块、玻璃片、料珠。在遗址中心已成风蚀地表，尚残存数间房屋及其他建筑遗址。

且末古城离扎滚鲁克古墓地较近，仅隔一片约 400 米已沙化土的距离。扎滚鲁克古墓地是且末古城人墓地，墓地范围之大是迄今为止在塔里木盆地东南、车尔臣河流域发现的最大的古墓群。20 世纪初，英国人斯坦因等人曾来此调查，并有资料介绍。1983 年、1985 年和 1989 年国家组织学者在此进行了抢救性的整理工作。

墓葬为无椁无棺的竖穴土坑墓，墓室简陋，

随葬品贫乏。葬式有多人两次丛葬，单人仰身曲肢葬。墓口棚盖芦苇、蒲草、树枝、皮毛、木头等。墓壁砾石裸露，边缘清晰可见。随葬品有食物、木勺、木梳、牛角杯、毛毡、毡线、印花毛布、毡帽、腰带、马鞭、驴皮等。1983 年出土 4 具干尸，2 具基本完整，2 具残缺，出土器物和墓地采集器物 60 件。根据碳 –14 检测，墓葬年代为公元前 7 世纪 ~6 世纪，对于研究且末古代的居民种属、族别、社会形态、经济状况、宗教信仰及生活习俗等方面提供了极有价值的物证。

且末这一名称最早出现在《汉书》里，为“沮末国”，《三国志》写作“且志”，隋代为“且末郡”，唐代为“播仙镇”（车尔臣河为 “走马川”）。《大唐西域记》称“折摩驮那古国”。“折摩驮那”是原音，译名其意有两种：一为部落名称。据史书载：“尧舜时期，江淮荆州一带的三苗部落，被尧击败迁到甘肃河西走廊与敦煌的三危山一带，与当地的民族融合为羌人的祖先。其中的折摩驮那部落受其他部落的侵袭被迫西迁，定居车尔臣河流域。“折摩驮那古国”（且末国）因而得名。另一种说法是折摩驮那是部落首领的名称，车尔臣才是部落的名称。中国著名历史学家黄文弼、苏北海持后一种说法。且末由此引起国内外学术界和中外游人的巨大兴趣。

清光绪十年（1884 年），新疆建省后且末称卡墙，民国三年（1914 年）改为且末二等县。中华人民共和国成立后，论土地面积（14.025 万平方千米），且末县仅次于若羌县，为中国第二大县，相当于 1 个半浙江省。

孔雀河古墓沟

孔雀河古墓沟位于孔雀河下游北岸第二台地上地势较周围稍高的一片小沙丘上。东距干涸的罗布泊约 70 千米，海拔 847 米，在东经 88 ° 55',北纬 40° 40' 处。墓地面积约 1600 平方米。墓地所在沙丘地势平缓,地表有环形的地桩标志,就像一座美丽的圆城,仿佛人们死后于此走向神圣的圆满。据科学测定这是 3800 年左右罗布泊地区土著民族的文化遗存。古墓沟共分两种类型:

第一类型,无环形列木,只有部分墓才有 1 根立木露出地表,为竖穴沙室。木质葬具结构简单,棺木无底,只有两块木板相向而立,两侧又竖 1 块木板为挡土板。盖板同样是无规则的多块小板,胡杨木质,上面盖着草皮、草绳等。个别墓葬中有合葬两人或 3 人，其余均葬 1 人,男女老少均有。死者全部仰身直肢,头东脚西,裸体包毛布,平卧墓中。此类墓共 36 座。墓中出土的有毛毯毛布、尖顶毡帽，毡帽上插禽鸟翎羽。墓中人足穿皮鞋，左胸部有麻黄碎枝一小包,同时还有一草编小篓,内盛小麦粒,10~100 粒不等，可见当时罗布人在由单一的食鱼民族向农业民族跨越。腕、腰、颈部多有玉骨珠饰,部分墓中有随葬的木质人和石质人，可见当时罗布人已走出了活人陪葬的怪圈，不断向着人类文明进发。

第二类型，地表有 7 圈规整的环列木桩，木桩由内而外,粗细有序。环圈外,有呈放射状的四向展开的列木，井然不乱。墓穴环列木圈内,木质葬具均已朽烂成灰,仅见盖板和矩形边板的灰痕。死者均为男性，葬法同第一类型相同,由于靠近孔雀河深埋朽烂,仅 6 座。出土文物有刻木、骨椎、骨珠、木雕人像等。

两类墓地出土文物中毛布、毛毯最多,幅宽达 118 厘米,是原始竖形织布机所造,可见当时罗布人和人类文明进步是相一致的。出土的小草篓编织精巧,平整细密,为“之”字波。5 件木雕人像,用红、黑色划道,象征性表示了眼、鼻、嘴部,形体构造简洁,逼真大方。还出土了 3 件红铜器,造型均美观精巧。

孔雀河古墓沟的发现，把罗布人的历史引向 3800 年前,给人们提供了当时社会经济状况和意识形态方面崭新的实物标本，成为研究中国历史和新疆历史又一重要的古文物证明。

西域都护府

西域都护府位于巴音郭楞西北部的轮台县，野云沟乡和策大雅乡结合部，距库尔勒市 113 千米，距轮台县城 58 千米。东经 85 ° 04'，北纬 42° 00'，海拔 990 米。现已辟为巴音郭楞的一个旅游点。

汉宣帝神爵二年（公元前 60 年）在此设西域都护府，名为乌垒城（前名轮台国），是当时汉朝管理西域三十六国的政治、经济、文化和军事中心。当时西域都护由皇帝亲自任命，3 年 1 替（也有延长和缩短的），从未间断。据《汉书》记载：西汉历任都护 18 人，其中立传可考历史上著名的有郑吉、韩宣、甘延寿、段会宗、廉褒、韩立、郭舜、孙健、李崇、但钦 10 人。当时轮台国是个城郭之国。都护府直接对其统辖，相当于现在的首府，似乎比其他绿洲城国和游牧行国的权力稍大。轮台王曾多次受皇帝亲召幸朝。汉朝另设置戊己校尉、戍部候等行政、军事、机构，对当地的少数民族上层人物封以王、侯、将、相、大夫、都尉等官职。他们均受西域都护的管辖。

在此有两处古城遗址：一处是乡政府东面 1 千米的一座小方城池，被水流冲刷过，城垣仅存 1 米，夯土干打垒建筑。建筑材料为黄沙土、防潮层。拉筋建筑材料为胡杨树枝，每 0.33 米为一叠层，周长约百米。城内散布着青灰色陶片，有白色的刻画点云纹和水波纹，城东有一城楼，南有城门。另一处古城遗址在乡政府东面 10 千米公路北侧，当地人称“白土墩”，估计是烽燧。1928 年中国著名的考古专家黄文弼先生在上述两处遗址上发掘出一些存贮粮食的陶罐，认为是西域都护设立时期士卒在这里屯守的用物。黄文弼先生还在野云沟乡东北 300 米处发现了另一处较大的遗址，可惜现已辟为农田。他在所著的《塔里木盆地考古记》中写道：“野云沟村南约半里，有一高阜，面为深沙堆集，上生芦苇，间有红陶片”。

西汉末年，王莽篡位，中原骚乱，匈奴乘机统治西域，各族人民不堪敛税重苛的虐待，向东汉武帝请求 3 次，18 国国王以送儿子到洛阳学习当人质真诚誓言，要求内属中原。刘秀在立足未稳之时，十分不情愿地将西域都护府迁往龟兹乾城（今新和县境内）。

摄影：晏先

铁门关

铁门关位于巴音郭楞的库尔勒市和塔什店镇之间，扼孔雀河上游出口，长达 17.8 千米。历史上这里是沟通南北疆的要道，也是兵家凭险踞守之要地。

《晋书·西戎传》记，前凉时沙州刺史杨宣进兵西域，其部下张植曾抢先占据这个峡谷而取得胜利，自此遂有兵关之役。《唐书·地理志》载，自焉耆西五十里，过铁门关。《明史·西域传》"有石峡，两岸如斧削，其口有门，色如铁，番人号为铁门关。"清光绪十三年（1887年）10 月，清军一举攻下铁门关，祸乱新疆人民的侵略军头目阿古柏吓得在库尔勒自杀身亡。清军将领刘锦棠为了纪念这次攻下铁门关的胜利，为铁门关题写了"襟山带河"四个大字。第二年 5 月喀喇沙尔直隶厅通知杨廷珍派石匠将这四个大字刻在霍拉山 3 米高的石壁上，至今历历在目。为保护刘锦棠将军题写的这四个字，清朝政府曾在此处建有栅栏予以保护。

铁门关横亘着两条山脉，西南有霍拉山，

东北有库鲁克山，两条山脉均在库尔勒和塔什店镇之间完结。故在库尔勒和塔什店镇之间形成一条二十多千米的大峡谷，孔雀河即穿过峡谷向南部的库尔勒流去。峡谷极为险要，两面的高山海拔一千二三百米，相距仅 50~100 米。岩壁陡峭，河南岸紧贴岩壁犹存，蜿蜒曲折，宽三四米，仅容一车通过。行人到此，仰望岩壁一线天，真是插翅难飞，俯视谷底的孔雀河流速湍急，汹涌澎湃，深渊白浪翻滚，甚感惊危。在库尔勒市和塔什店镇之间的峡谷中设一关卡，控制道路，缉查来往行人，恰如铁门一般。铁门、铁关，“铁门关”之意由来至此。

古铁门关在这条峡谷的中段处，距峡谷口约 10 千米，该处是孔雀河水在峡谷中的一个大拐弯处。南岸伸出一山头，山高于河岸约一百米，站在其上可以鸟瞰下面的古道。在此山顶上遗存有古代房址，现存数十间。墙壁用石块砌垒而成，中间夹有红柳枝。地面上散有很多陶片，主要是红陶和灰陶，有的刷有红色的陶釉，陶片多为素面，个别压印简单花纹。从房址结构和陶片风格观察判断，其时代较早，可能为晋代或唐代。这些古代遗址、遗物及地理形势说明，这里是古代的一处关卡名隘。

玄奘《大唐西域记》称：“铁门关两岸石壁立，中显通衢，河水流贯其间，清波荡漾，碧草弥绿，吾等沿河岸西偏南行三十里出口，转西南行约十里即至库尔勒。”

唐代边塞诗人岑参当年路过此关，曾赋《题铁门关楼》一诗：

铁关天西涯，极目少行客。
关内一小吏，终日对石壁。
桥跨千仞危，路旁两岸窄。
试登西楼望，一望头欲白。

1989 年库尔勒市根据古人所绘的铁门关城楼的胜景，重建了铁门关城楼，并邀请国内外有名的仿古建筑师绘制图纸，又请最好的建筑师、雕刻家、美术家共建铁门关城楼，精砌细抹，雕梁画栋，建成了这座优秀的仿古建筑。中国优秀旅游城市仿古建筑考察团评比打分，名列前茅。1990 年又广邀书画界名流作画题联，近百幅碑联题写在霍拉山的石壁上。看今日之铁门关，城楼雄踞两山关，南有刘锦棠将军的“襟山带河”的题词和一百多个中外名流石刻名碑，北有左赫拉公主之墓，前有铁门关发电厂，后有孔雀河拦河大坝水利发电，气势比古代更加宏伟。每年游客达三十万人，而且春夏秋冬四季都有，再也不是“极目少行客”，“一望头欲白”，而是笑迎天下客，一望不忍走。

中外游人到铁门关来是寻着左赫拉和塔依尔的爱情传说来的。传说古代焉耆国王的公主左赫拉爱上了大臣的儿子塔依尔，后因奸人的谗害，在父亲的压力下，演出了一幕爱情的悲剧。他们受尽了折磨，最后从库鲁克山顶跳入孔雀河中双双殉身，合葬在霍拉山对面的库鲁克山的山顶上。这个优美的故事给了中外游客极大的兴趣。

卓哩克图汗府

卓哩克图汗府，巴音郭楞人又称“满汗王府”或“满楚克加布汗王府”。卓哩克图汗是蒙古语意为“英勇的汗”。汗是一种封号，清朝时封爵蒙古，一个是中国北部的大汗，即成吉思汗的后裔士谢图汗，另一个是乾隆三十六年（1771年），土尔扈特等部落在渥巴锡的率领下东归祖国，乾隆为表彰他的爱国气节，封他为中国西部蒙古大汗。渥巴锡汗的第八代孙满楚克加布任汗时，他的叔叔帮他建造了这座汗府，现在受到世人的青睐，慕名前来瞻仰拜访的中外游人甚多。

卓哩克图汗府地处和静县城中心，在库尔勒市东北部，距库尔勒市 80 千米。

这是一座青灰色砖木结构的宫殿式王宫，坐北朝南，有大小房 60 间。内设正大殿和东西两宫。正大殿分两层，二楼供奉祖宗神位，东西两宫有卧室、膳房、娱乐室、客厅、储藏室。整座王府宏大壮观，建筑面积为 633 平方米，由西藏戈拉丁院的生钦五世活佛（土尔扈特有史记载以来第二十八世的四王子）和工程技术人员亲自设计。汗府取土尔扈特人认为最吉利的数字 633 为基数建造，由焉耆回族工匠承揽建筑工程。其砌体采用跑砖、顶砖砌砖法，一般为 24 墙和 37 墙，承重墙为 37 墙，隔墙为 24 墙，使用了汉族人单砌只挤，横平竖直的砌砖方法。屋顶为坡形尖屋顶，其构造简单明快，颇具俄罗斯和西方建筑艺术的风格。门窗结构宽敞高大，又符合回族人的厅厦房门窗的结构。最为精巧的是梁架的处理，设计了梁檩纵横建筑特色，采用了蒙古族人民搭建蒙古包精湛技术。整座王宫风格体现了中西文化的融合和中国各民族建筑特色。其博大渊源的民族底蕴和民族风格，令建筑专家无不佩服、赞叹。1927 年汗府建成后，成为满楚克加布汗和其子居住及从事各种政治经济活动的场所，一度又是土尔扈特部落从事各种文化活动与宗教活动的中心。1949 年 10 月，中华人民共和国成立后，最后一位卓哩克图汗恭本德吉特将汗王府捐献给巴音郭楞各族人民，辟为中国西部的一大旅游胜地。恭本德吉特汗要求劳动自立，到中央音乐学院学习，成为巴音郭楞的音乐指挥。

卓哩克图汗府曾建立过以下三座衙门：

1.胡青衙门：1775 年 10 月在和静哈拉莫墩竣工，清政府拨银一万两。1832 年因胡青衙门阴湿较重，盐碱厚，多处坍塌，几位汗王命不及寿。后奏清道光帝允准，拨款一万两在巴音布鲁克重建。

2．巴音衙门：1833 年在巴音布鲁克的乌兰恩根镇建成。1867 年阿古柏侵略军占领巴音布鲁克，对巴音衙门毁坏严重。1885 年清政府拨银 5000 两在和通村（今和静县城）重建。

3.查汗衙门：1887 年建成。因规模太小，土尔扈特人民办事极为不便，甚至从几百里草原来办事，也要露宿街头，人民怨声载道。1926 年民国政府拨大洋一万两重建了现在的卓哩克图汗府即奎克衙门。

永安寺

永安寺即黄庙，是巴音郭楞、也是新疆最大的一个综合性寺庙群。因为藏传佛教格鲁派喇嘛穿黄衣戴黄帽始称黄教。巴音郭楞喇嘛信仰黄教，他们修的庙始称黄庙。再则，黄庙庙群全为黄色的金项，由此称黄庙。黄庙位于和静县城东北部巴仑台地区。它背靠天山，面对草原，东有绿树托太阳升起，西有响河醒蓝天之灵。特别在西面的山上有一块巨石悬于山腰，好像一尊雄狮高踞在山上，给万千牧民迎来吉祥的太阳。这里绿树成荫，环境幽静，山环水绕，风景如画。

永安寺由 15 所寺庙组成。黄庙是主庙，位于寺庙中心，其他 14 所寺庙分布在黄庙的四周。永安寺布局严整，浑然一体。主庙黄庙有前殿、中殿、后殿，前殿为禅堂，中殿为经堂，后殿为法堂。庙顶饰黄色琉璃瓦，脊饰黄色花格瓷砖，上饰二龙戏珠。狮像雕塑两脊头，脊中置宝葫芦，檐吻 3 层黄色短檐瓦，檐下翻卷棚。四角高挑，角系风铃，角翘上置鳌鱼收尾。门前有廊厦，4 柱顶天地，恢宏磅礴。

永安寺建成于清光绪十四年（1888 年），但酝酿及选择庙址却早在清咸丰十四年（1864 年）前后。黄庙正殿矗立一座麦德尔佛像，高 2.7 米以上，是当年马车从青海塔尔寺运来的，俗称青海佛。右侧是藏金洲佛，左侧是库宗佛，庙内绘制有 13 幅宗教人物的壁画，皆为护法神画像。黄庙又是哲理学院，是喇嘛学习佛教、哲学、天文、历算等课程的地方。

永安寺的 15 个庙是：黄庙（理学院）、居都外庙（经学院）、曼巴庙（医学院）、都拉庙（思辩学院）、都进庙（护法神庙）、能那庙（天王庙）、盖干庙（宫明活佛庙）、乔克庙（力士庙）、诺谚庙（生钦王世活佛的私庙）、克列特庙（卓哩克图汗私庙）、茶腾庙（茶腾旗扎萨克庙）、巴仑庙（巴仑旗扎萨克庙）、扎布苏尔庙（扎木苏尔旗札萨克庙）、斜米纳尔庙（斜米那尔旗扎萨克庙）、堆尼尔庙（洛桑丹增大喇嘛私庙）。

永安寺总建筑面积 2.4 万平方米，占地长 2500 米，宽 600 米。有大小铜佛 2990 尊，银制法器 1392 件，金佛金法器 106 件，甘铃 22 对，其他铜法器 7.4 万件，地毯 740 条，另有金条、珠宝、玉法器若干，大经书 1104 部，小经书 341 部。

清代制定的法律规定，蒙古族家有两兄弟，就得有 1 人当喇嘛。黄庙喇嘛最多时达 3300 人。中华人民共和国成立之初，有喇嘛 531 人，现有喇嘛 50 余人。

1998 年西藏哲布寺活佛生钦六世捐款 200 万元，重新进行了修缮，现已焕然一新。永安寺现已成为巴音郭楞吸引游客的一个重要的景点，国务院将其列为国家重点文物保护单位。

宝浪苏木庙

宝浪苏木庙位于博湖县城西南两千米处，距库尔勒市 65 千米，坐落在开都河旁的东西交汇处。又名巴格希恩苏木，两个名称都是蒙语“师傅”或“老师”的意思。因和硕特蒙古著名的学者札雅·班迪达曾当过这座庙的主持，在伏尔加河两岸时，这座庙已经是远播中外了。当时的名称就叫宝浪苏木庙，是和硕特部落最大的、最古老的一座庙。

乾隆三十六年（1771 年），土尔扈特与和硕特部落回归祖国后，当时清政府只暂时救济了几座蒙古包，给喇嘛们做佛事。乾隆三十九年（1774 年），渥巴锡汗来和硕特部落视察，顺便做佛事时，了解了此种情况，即向清廷奏报。乾隆四十年（1775 年），廷批银五千两在包尔图建庙，仍借用扎雅·班迪达的名声和香火之灵，称宝浪苏木庙。

清光绪六年（1881 年），西藏的扎雅活佛来巴音郭楞传经布道，焉耆从事农牧业的蒙古族牧民呼吁：“远去和静与和硕做佛事极为不便，请求再建一座喇嘛庙”。扎雅活佛奏报清政府，清政府批银五千两在此建庙。而当时在包尔图的宝浪苏木庙，年久失修，破败不堪，多处坍塌。清政府诏旨宝浪苏木庙原班人马迁往新庙，仍用原名宝浪苏木庙。另一个原因是，当时主持此庙的姜巴·特洛其克盖木丕勒大喇嘛因佛教造诣颇深，思辨道广论，阐发《甘珠尔经》，声震青藏新疆佛教界，曾经被土尔扈特部落请去当康布（佛教大师）。以后，生钦五世活佛多布栋在新疆转世，因年小难以去西藏学佛，西藏佛教界又难以对其进行管理，便委托姜巴大喇嘛做生钦五世活佛的老师。此事正值宝浪苏木庙搬往此地之时，这座庙的名称，以后就更加名副其实了。

宝浪苏木庙高 15 米，正方形，边长 20 米。分上下两层，为 4 角雕楼，内有耳房。大殿释迦牟尼铜佛从西藏运来安尊于此，其余泥雕木胎、唐卡壁画，属当地工匠制作，精美细腻，造型生动，堪称巴音郭楞一绝。

文化大革命初始，此庙曾被几个蒙古族年青的楞哥猛弟打着破四旧的名义洗劫，经书焚烧，铜佛抢走，珠宝没收。1978 年，国家拨乱反正，清退赔偿了全部抢劫的财物和佛器，拨专款对此庙进行了维修。1984 年 8 月 31 日，十世班禅大师在庙前接见了信教群众 3000 多人，为他们灌顶赐福。1986 年国家又拨款 500 万元予以重修。现有喇嘛 19 人，其中洛翁 1 人，哥杰灵 1 人，哥灵 17 人。现已辟为旅游胜地。

昂嘉恩庙

昂嘉恩庙又称阿嘉库伦寺，安建库热，阿尔先庙。阿嘉库伦是该庙第一世大喇嘛佛教封号，是佛家用语“太阳之意”。昂嘉恩是该庙第七世大喇嘛、著名的东归祖国领导人洛桑丹增的封号，是佛家用语“红日”之意。安建库热，是乾隆三十七年（1772年）乾隆诏旨中，要该庙宫明一世活佛冬古鲁普嘉木措从北京回到巴音布鲁克草原，要努力安众建庙，人们取“安建”两字作为寺名。“库热”蒙语是“庙”的意思，安建库热，即安建庙。阿尔先庙，是指该庙坐落于巩乃斯的阿尔先沟，故称之为阿尔先庙。昂嘉恩庙长13米，宽10米，坐西朝东，砖混结构，石砌基础。承重墙为37墙，内隔墙为24墙，外墙清水勾缝，门雕花鸟虫鱼，硫璃瓦卷檐，四角伸展高翘。下系风铃，上坐陶瓷游龙，正脊压金黄色花瓷砖，两端鳌鱼吸尾，中置宝顶葫芦，单檐歇山顶，布紫色硫璃瓦。

走进昂嘉恩庙，中为法堂，左为禅堂，右为经堂，释迦牟尼铜佛像站于法堂中间，各色佛的天王力士布于周围。现有喇嘛23人，有洛翁2人，哥杰灵2人，哥灵19人。

昂嘉恩庙于1648年始建，第一世大喇嘛为洛桑达桑杰。他原是土尔扈特的一个孤儿，被大学者扎雅·班迪达点化，悟性极高，宏论滔滔，成为第一世大喇嘛，立庙于伏尔加河畔的卡梅镇。1770年10月，该庙管家冬古鲁甫嘉木措从伏尔加河畔草原提前回国，于来年2月到京，多次上奏乾隆，力陈土尔扈特部落人民东归中华的爱国之心。乾隆三十六年（1771年）3月终于使乾隆对土尔扈特东归产生了质的认识，为清廷安置土尔扈特部落人民正确决策作出了贡献。土尔扈特回归祖国后，冬古鲁甫嘉木措被清廷封为土尔扈特宫明一世活佛，并于当年10月回新疆，至今已相传十世。昂嘉恩庙的第七世大喇嘛洛桑丹增因思辩敏捷，立论准确，头脑清晰，才高八斗，深得乾隆喜爱，遂留北京做雍和宫佛教格鲁派康布（大师），并随时做乾隆的顾问。乾隆还允许其每年两次来新疆讲经布道。

昂嘉恩喇嘛从伏尔加河东归祖国后，冬季在焉耆为牧民们做佛事，夏季则到伊犁为牧民传经布道，后又在特克斯二宫乡建了一座土木结构的喇嘛庙，直到普福寺建成，这座庙被搬往哈拉莫墩。同治年间，阿古柏侵略军入侵，这座庙又被搬往白杨河一带，1946年迁至巩乃斯一座小山上。这时有僧侣80余人，26顶蒙古包，2300头牲畜。1967年寺庙被几个狂哥豪妹所毁。1985年予以重建。

加美清真寺

加美清真寺位于库尔勒市团结南路，始建于清道光十四年（1834 年）。土木结构，占地 405 平方米，造价 5000 两银子。文化大革命期间被毁，1984 年重新修建，总投资 100 多万元，总面积 1650 平方米，是依达也提大毛拉主持修建的。

加美一词是穆斯林“集中”的意思，加美清真寺分三部分，前为宣礼楼，中为庭院，后为礼拜堂。

宣礼楼建筑面积为 136 平方米，高 25 米，共分 5 层，比喀什艾提尕尔清真寺高 5 米，宣礼楼整体框架为 8 根砖柱和整体相连，三弯新月在楼顶神龛上用钢条支撑，五龛斗棋凹进了椭园形的门洞，两扇铁门相互连接，成为错落有致的整体。

最令人叹服的是宣礼楼的拼砖艺术，具有维吾尔族建筑的独特风格。它以线条为主流畅、舒展，以纹为主均匀、饱满，既有整体之快感，又有具体之细腻，有菱形、方形、圆形、三瓣形、五瓣形、翘檐形、溜檐形，二方连续，四方连续等。其中三瓣形是三个条砖三方铺开，中间镶上整齐的小三角砖，像一朵美丽的小三瓣花铺在墙面上。造型奇特，对称和谐，式样繁多。艾提尕尔清真寺只有 24 种拼砖艺术，而加美清真寺却有 36 种之多。这些拼砖艺术既不同于欧美哥特式教堂立码架拱的嵌砖艺术，也不同于阿拉伯民族单砌直挤的镶砖艺术，更不同于汉民族横平竖直的拼砖艺术。但是，仔细一推敲，似乎各民族的建筑艺术都在其中，这充分显示了维吾尔族人民善于融会世界各民族艺术的聪明才智。

走进庭院，沙条砖铺地，鲜花袭人。婀娜多姿、姹紫嫣红的鲜花都争相开放。庭院约为 800 平方米，是穆斯林听经之地。

走进礼拜堂，分内寺、外寺、廊厦三部分，面积 734 平方米。廊厦有几根柱体相连象征着春秋 12 个月，柱顶各有一神龛，上支铜色新月。两外寺和一内寺各有 6 根大理石柱子支撑，整个礼拜寺显得结构新颖，庄重大方。

这里最引人注目的是寺中的镂花艺术。窗有窗花，顶有饰花，柱有雕花，檩有悬花。细看有巴旦木花、麦穗花、莲花、棉花，又加之以芽、蕾、藤、蔓相映成趣。细加欣赏它的花纹更是种类繁多，有宝相花纹、忍冬纹、莲花纹，充分体现了维吾尔族人民建筑艺术之特色。寺内镂花艺术既有东方文化的特点，同时又吸收了西方艺术的风格，它是维吾尔族建筑艺术的精华，同时又继承和掺杂了佛教、基督教、摩尼教、萨满教其他宗教的纹样。还具有维吾尔族图案艺术传统的组织形式，同时又吸收了汉、蒙、哈、回、藏等民族的纹样和花色特点，堪称民族形式的大融合。尽管渊源是如此博杂，仍然保持着维吾尔族建筑图案艺术的基本特点，显示了维吾尔族建筑图案艺术独特的生命力。

高　寺

位于焉耆城西北角的高寺是阿拉伯风格与中国传统宫殿特点相结合的一座建筑，在中国传统的装饰格调上又带有阿拉伯雕刻风采，形成了中国清真寺建筑的独特而又美妙的形式。它以曲折动人的传说和跌宕起伏的经历，闻名中外伊斯兰教界，成为巴音郭楞乃至新疆和中国的一大历史瑰宝。

清乾隆年间，陕甘回民被清政府征发平定准噶尔，来焉耆屯垦戍边。回族人民在今焉耆东南建简陋哨麻做礼拜。清嘉庆二年（1797 年）将哨麻改建为老坊寺。光绪四年（1878 年）因焉耆回族人民帮助清军战胜阿古柏侵略军有功，清军将领刘锦棠看到老坊寺街前屋后的礼拜人之多，指令在城西北再建一所清真寺。

因清真寺建在一个高土台子上，并且比原老坊寺的门楼也高出 3 米，因此得名高寺。高寺另一个名副其实的原因是老坊寺不及高寺高大宏伟，许多阿拉伯商回大德特别愿意到高寺传经布道，不愿光顾又旧又小的老坊寺。虽然高寺也几经损坏，但似乎是越加固越高大。民国十六年（1927 年），它又一次重修，时任县长王鹭洲写了“原有长在”四个大字的牌匾，以志庆贺。建筑面积达到了 880 平方米，包括了 170 平方米的聚礼大殿和水房、住房等。门楼顶上有四根方柱，托着一个拱形顶盖，四周有宝塔形的立柱，柱端有一新月，拱顶上有一层楼台，可容人站立，是独具一格的伊斯兰教形式的宣礼台。近几年又进行全面装修，此寺更显得高大宏伟，神采奕奕。

最为曲折的是文化大革命初始，几个回族青年竟然突发奇想要将高寺拆除。北京大学两名历史系学生由于第一天游览过高寺，看到王鹭洲的题字，字体优美，爱慕不已，称赞为王羲之第二，又看到高寺瑰丽无比，早已敬重于心。当听说有人要冒天下之大不韪来拆高寺，赶忙跑来，宣讲国家保护文物的法令，高寺才得以保全，幸免于难。当地的回族老人认为是神意和王鹭洲的“原来有的，一定长在”的哲理救了高寺，把那牌匾珍藏了起来，文化大革命后才又取出，让中外游客大饱眼福。

焉耆古老的回族清真寺老坊寺，文化大革命期间因为城市规划，拆除了它所在的陕西巷子，它也无法幸免。1985 年才在不远的地方另辟重建。这样一来，更不及高寺寿高于天了。在中外伊斯兰教界，高寺的名声更大了。

摄影：晏先

孙基烽火台

孙基烽火台为两座，位于尉犁县城东40千米处，距库尔勒直线距离35千米，即将修通的库尔勒至营盘公路正好路过此处。东经85° 20′，北纬40° 10′，海拔889米，巴音郭楞人民已将此处辟为旅游胜地。

孙基东烽火台在高于地表约10米的雅丹地貌上，烽火台原高10米，现残高3米，原为方形，现仅剩东南角一小部分。周长30米，以土块垒砌，柽柳枝防潮层，每39厘米垫一层拉筋建筑材料。拉筋材料为一层芦苇，一层柽柳枝间隔相垫。至今可看到柽柳枝和芦苇的残段，土块尺寸为38×23×11厘米，和我们目前使用的简陋土木建筑土块大小相似。真如老话讲：世上过了多少年，砖瓦土块总不变。目前出土的几千年前的土块砖瓦尺寸都是一致的，可见古人设计的砖瓦土块尺寸是符合建筑结构力学原理的，千年而不衰。烽火台中央有圆孔，为放烽烟报警的洞孔，从烽火台采集到的陶片，年代为西汉。

另一座烽火台位于东烽火台2.5千米处，海拔为887米，其依势就简，建在了一个洼地内，虽历经千年的风沙袭击，依然威风凛凛地矗立着。西烽火台是正方形，上小下大，残高10米，烽体周长36.5米，东南面残坏严重。烽体南壁有一斜坡堆积，烽体所用土坯和拉筋，防潮层材料相同，所不同的拉筋材料胡杨枝多了起来，估计为就近取材所致。烽火台附近散布有陶片，据此考证也为西汉烽火台。

以前人们以为汉代烽火台只修到嘉峪关，现在知道修到了敦煌，殊不知历史上西汉王朝从敦煌到巴音郭楞的轮台800多千米，共修了300个烽火台，其中库尔勒至轮台100多千米，迄今发现阿克墩、卡勒塔、廷木墩、喀拉亚等17座烽火台。由于当地的气候极干旱，烽火台又远离水源，无法开垦耕种，因而这十几座烽火台得以基本完整地保存下来。像这样历史悠悠、保存完整的古烽火台遗址，在国内可以说是极少的。

锡克沁千佛洞

锡克沁千佛洞位于焉耆县七个星乡东南 8 千米处的霍拉山东麓的山前地带，距离库尔勒市 25 千米。东经 86° 11'，北纬 41° 25'，海拔 1070 米。现为国家省级重点文物保护单位。

千佛洞依山开凿，原规模宏伟，现存洞 12 窟。洞门有的向西，有的向南，有的洞为方形；有的为长方形基座。佛像荡然无存，壁画剥落，现仅在 2、3、5、7 号窟内还有些朵云纹、缠枝莲花纹、蔓形纹等。

洞窟的形制主要有两种，一种为纵券顶单室窟，一种是有前后二室的支提窟。支提窟前窟为纵券顶，左右开通道，通道后为横券顶，前窟与后室间的中心柱是长方形，窟形与克孜尔千佛洞相似。1、2、3 号窟的中心柱又是扁的，窟顶绘出的朵云纹、缠枝莲花纹与敦煌莫高窟晚唐五代、宋初的石窟形制相同，而 7 号和 9 号残余壁画有菱形方格纹，开创时期与二三期石窟相同，即在西晋与隋代之间。

在千佛洞 1 千米处，有一处“七个星明屋”，明屋是维吾尔语“千间房”之意。这里是一处颇具规模的晋唐两代的佛寺遗址。古寺散建在沙滩和坡地上，有殿堂、庙宇、僮房、佛塔共大小建筑 93 处，均为土坯砌筑，现仅存基础部分。佛寺分南大寺和北大寺两部分，一条较宽的泉沟将南北大寺分开。

南大寺前后的两个大殿为中心建筑，前殿较大，长 23 米，宽 21 米，大殿前有数座六角形基座的塔，高大的台基上，有类似大明宫的建造模式，殿两侧及背后均建有通道。殿前正中建塔，塔东南有瞭望台，殿西北有六角形穹庐顶式塔，左右及后部有僧房小殿堂式建筑。

北大寺由并列的 3 所大殿组成，建造模式与南大寺相仿。殿前山门东西两侧有土台高约 10 米，为当时的钟楼遗址。西侧土台与山门之间有 4 个支提式窟，另外在中大殿和东大殿后面，有 6 个土塔遗址，塔基各边有 6 角形壶门，并有方形塔院。北大寺建筑虽大多颓废，但仍可看出原有的规模。

《大唐西域记》记载此处“伽蓝十余所，僧徒两千余人”，是古代焉耆国中的一处最大的佛教寺院。20 世纪初英国斯坦因等 8 人曾在此盗走大批文物。1928~1958 年，中国考古专家黄文弼两次考察，在此出土了大批文物，其中最为著名的是 44 页吐火罗文古文书，是研究中国民族宗教史、戏剧史珍贵资料。在南大寺出土的大佛头细眼高鼻，面庞完好，有犍陀罗风格；北大寺的佛头面带彩绘，柳眉方脸，有东方典雅的美感。它紧靠公路，游览方便，遗址中部低凹处有一股清泉汩汩泻向北去，又带给你无尽的情趣。

且末岩画

且末岩画位于且末县东南约 180 千米处的阿尔金山北麓，莫勒切河东西两岸山腰及山丘的岩石上，海拔 2570~2600 米。且末古代岩画，引起国内外考古专家和中外旅游者极大的兴趣和广泛关注。

在 1 千米长，20~80 米高的岩石上刻着数千幅岩画。且末岩画分四个类型：

一、人物画。有单人舞、双人舞、多人舞、面具舞（舞者头插鹿角、羽毛和其他饰物，有的臀部系尾，拖生殖器）。这些舞姿明快大方，造型豪爽简练，节奏明快生动，是让当代人看了都不得不认真学习的一种野趣舞蹈。表现战争的场面更是叫人拍手叫绝。古老的战争场面，剽悍的山民，充满生气的部落，最后是和平解决，似乎人类在古代就把和平作为艺术永恒的主题。粗线条而又古老的体育活动的人物形象，有的手脚十字交叉，有的脚下好像踩着云雾奔跑跳跃，有的好像在作操练，表现出古代先民丰富多彩的生活画面。

二、动物画。有奇特怪异的骆驼在奔跑，有健壮的野牛在角抵，有勇敢的牦牛在爬山峰，以及奔腾的骏马、跳跃的黄羊、活泼而快活的鹿、机警而敏捷的羚羊、稳健而又吃惊的盘羊、狡猾而又可笑并自作聪明的狐狸、美丽而凶猛的豹子、喜欢汪汪叫而又忠诚的狗、洞察四方而准备随时放毒的蛇、愚蠢的驴和杂交优势的骡子等，画得无不惟妙惟肖。动物一般最大幅 25 厘米 × 10 厘米，最小幅 5 厘米 × 8 厘米。

三、狩猎图。主要有步行和骑马狩猎两种。狩猎使用的武器有棍棒、绳索、抛石器和弓箭等，最为精彩是集体狩猎的场面。有的跃马举弓，有的步行追杀动物，有的 4 人合而捕捉凶猛的豹熊，可以看出他们狩猎中的欢乐，胜利中的喜悦。

四、标记画。有一些表示日月星辰、山川河流、毡房等的符号，此外还有各种条纹、花布、图案等较复杂的标记画面。这些理性的标记画，又把人带入了抽象模糊的画面中去，仿佛达到了一种最高境界。

岩画的规格，线条的粗细各不相同，和天山岩画比较，笔法又较之成熟细腻，虽然历经数千年的日晒雨淋，风沙侵蚀，画面仍然比较清晰。且末岩画据考证是公元前 1000 年左右的艺术，公元前 3000 年羌人进入且末直至唐代还生活在这里，他们以岩画的语言，再现了那个时代民族的美。

3 风俗习惯

摄影：晏先

抱轿的婚礼

巴音郭楞的汉族人来自内地五湖四海，婚俗大同小异，又融合当地少数民族的一些风情，可以说是一种融合性的婚俗，又有两千年来独特的汉族传统，这是不同于内地的。

如民国年间焉耆汉族流传的一种抱轿婚俗。结婚前3日，姑娘禁止吃烟火之食，以免坐花轿路上轿夫捣蛋颠轿，颠得新娘上吐下泻而丢人，新娘只吃些杏干、葡萄干等干果充饥。新娘上轿前由伴娘绞脸开眉，即用细线绞去脸上汗毛和多余的眉毛，意即进入成年。临上轿前，新娘哭嫁，先谢爹妈，后谢亲戚邻居百舍。这时新郎迎亲的队伍来到，新郎一步路也不让新娘走，而是一手抱腿一手抱背，把新娘安放在轿内。如果新郎力气小，要由新郎的嫂姐抱入轿内。轿夫在路上颠轿，新郎数着颠够30下，要喊停轿，掀开轿帘看新娘颠得怎么样，要给以安慰。接着轿夫又在焉耆大街摇轿，轿子摇得如同船儿一般，摇到30下，新郎又喊停轿，再掀开轿帘，看看新娘被摇得吐了没有，以示关心。新娘如无不适，轿夫又甩轿，轿子甩得如秋千一般，引得路人阵阵喝彩。新娘在轿内要等甩到30下，把新郎刚刚拿进来的一个饭碗飞速踢出轿外，轿夫甩轿才算停了。意即再整治新娘，要打烂你轿夫的饭碗。到了新郎家门口，新郎或嫂姐又抱新娘到典礼堂屋，证婚人问新郎，你愿意娶新娘吗？新郎答愿意。又问新娘，你愿意嫁给新郎吗，新娘答愿意。才一拜天地，二拜父母，三互相对拜。然后新郎父母给媳妇送金银首饰，讲一番闹话，公婆还要在众人的逗闹下学狗叫，脸面涂上黑泥巴，脖子上挂老茄子、老萝卜等。客人们是白天闹喜公公、喜婆婆，晚上闹洞房，一般闹至半夜为止。下半夜听喜，以给人们留下乐子和笑料。

送五酒的婚俗

此婚俗是居住在巴音郭楞的土尔扈特、和硕特部落的蒙古人所特有的一种风俗。

男女订婚，首先由男方父母带着礼品或派媒人到女方家提亲。女方父母如果同意成亲，就假意让女孩的其他亲属做主，并一一说出主要亲属的姓名。男方父母或亲属就带着礼品去女方亲属家献哈达。如果对方同意就收下哈达和礼品，不同意就退回。过些日子，男方还会去求亲，直至女方亲属同意为止。如果女方早已名花有主，要向男方亲属直接说明，以免男方再次求婚。

送一酒。女方父母同意后，男方父母其中1人带着1壶酒、1条哈达、0.5千克糖果、一块茶叶、0.5千克食品去女方家，女方父母尝了这壶酒，礼仪结束。

送二酒。男方父母2人带两壶酒，2条哈达，1千克糖果，1千克食品等去女方父母家，女方父母请女方大部分亲属品尝这两壶酒。这次仪式很重要，如果男方小伙子和父母有不良形象，女方的亲属长辈都将提出婉拒，所有的礼物将被带回；如果同意大家就喜庆一番。

送三酒。男方亲属3人带3壶酒、3条哈达和一些糖果、茶叶、食品等去女方父母家，并送给女方父母、哥嫂各一块布料。举行完这一仪式后男女双方订婚，女方此时会请有血缘关系的大部分亲属来喝这三壶酒，说明两家即成亲，青年男女不得再找别人。男方归去时，女方要送毛巾、五谷、糖果，以此作凭证。男女双方一旦订婚后，很少有解除婚约的，如果女方订婚后生病，男方要请医生治疗；如果不幸离世，男方要请喇嘛念经送葬。

送四酒（也叫送羊）。订婚后男方亲属去女方家问何时结婚，如果女方父母同意尽快完婚，就会告诉女孩的属相，男方按女方的属相去喇嘛那里选定日子完婚，过后男方派4个人按事先商定好的带上4条哈达、4只羊、4壶酒到女方家里。女方会请一些客人来商议结婚的日子和嫁妆的数量。

送五酒（也叫送衣）。在规定的日子里，两家亲属几个人一起到城里给女方买嫁衣。一般根据男方的条件买3、5、7、9、13套不等。买衣前后，男方父母还要请女方在街上吃一顿饭，买完嫁衣后，男方5个人要带着5条哈达、5壶酒送往女方家。女方要请亲属看男方买的新嫁衣，如果这些客人中有人认为哪一件不合适或还缺什么，就让男方买好送来，衣物交给女孩的母亲，双方长辈对着嫁衣唱“五酒歌”。几天后男女双方即成亲。

赠女婿裤腰带

这是巴音郭楞蒙古族的婚俗，至今流行在新郎新娘结婚的前一夜。男方家派司仪若干人连同新郎在黄昏之时，骑马来到女方家。女方家人出门迎新郎等人入房中饮茶酒，唱礼歌，丈爹、丈娘要给新郎赠一杯酒，唱一支歌，送一套新装，再赠一条绸缎裤腰带，并且当众给女婿扎上，意即要他当家立业，要勒紧裤腰带过日子，不要一天想媳妇，要有精神当家理事。

夜深礼毕，新郎上马意欲归去，却发现马鞭、马镫丢失（实为丈爹故意收藏）。新郎和伴郎等在墙角中发现马鞭、马镫，于是留下能歌善舞的两位伴郎重入房中欢歌通宵达旦，新郎和其他人归去时，要示亲友之间亲热异常，不忍离别，留下想念，绵绵流长。

唱“婚礼歌”。婚礼仪式套曲共四十余首，包括迎亲歌、贺喜歌、母亲歌、男女互拜歌全套赞词、祝词、献词共两千余行，每支歌近百行，有的喜庆异常，有的趣味横生，有的滑稽诙谐，有的促性逗情，婚礼气氛高涨，高潮不断。

迎亲的队伍须在中午之前到达女方家，迎亲时要带只活羊和一只煮熟的羊。新郎在路上，面对山水、敖包要唱“祝酒歌”，迎亲的人要接唱使之达到高潮。新郎等人来到女方家门，新娘的几位本家嫂子挡在门前，男方要赶快拿出羊脯肉和酒，请女方几位嫂子尝肉喝酒对歌。嫂子们唱歌中要出几个谜语让新郎猜，并说谦意礼让的话，如新郎口才不佳，年轻腼腆，则要让伴郎说话，这时欢歌笑语达到高潮。

丈爹、丈娘赶快把新郎、伴郎迎进门喝茶唱歌，并检查丈爹、丈娘送给的裤腰带扎得紧不紧，女方家人及伴娘便开始给新娘换嫁衣，给新娘戴嫁帽（说明姑娘的时代已经结束）。给新娘穿什么颜色的衣服，给新娘穿嫁衣人的属相，都事先由喇嘛按生辰八字测算。新娘换好嫁衣后被领入父母房中，新娘的父母兄弟姐妹、姑嫂以泪歌别，待女方唱完歌后，男方的主婚人给新娘的父母献酒献歌。歌词的大意是：新娘的父母养了个好姑娘，她娶到婆家之后，一定像待亲生女儿一样待她，然后给新娘的舅妗、叔婶、翁姑、兄弟姐妹献酒献歌，并抱着新娘和嫁妆上路（双方事先订好的嫁妆）。娶亲的队伍一路祭天祭地祭山祭水，并撒烟酒糖果，以图吉利。新娘的伴娘一般是女方的姑嫂婶姐（一定是结过婚的人），新娘到男方家后即举行婚礼，一拜天地水火；二拜男方父母、舅妗、叔婶、翁姑、爷爷奶奶，男方长辈每人送一份礼，新郎的父母送金银首饰；三是新郎新娘互拜，唱《结发夫妻歌》：

蓝天由彩云来连结，
草原由绿草来连结，
树木由根段来连结，
夫妻由头发来连结。
高山保佑我们白头偕老，
流水保佑我们日日和好，
苍天保佑我们福星高照，
大地保佑我们良缘结牢。

现在男子早已不留长发，女子也开始剪成短发，往往以头缠绸带代替长发举行结发仪式，男孩可用丈爹、丈娘送给的裤腰带代替。婚礼闹洞房要通宵达旦。

羊骨歌别和回头看

巴音郭楞男女离婚，受传统习俗的左右。蒙古族、汉族、回族男女离婚在 1950 年以前是很少的，但也有不顾传统的束缚大胆离婚的。1950 年新《婚姻法》实行之后，离婚这种习俗也受到法律的保护。但各民族之间有差异。

蒙古族羊骨歌别的离婚风俗。蒙古族 1950 年以前婚后因感情不和的，也可以离婚。蒙古人主要在欧洲生活了 140 年，欧洲离婚文明对他们有所影响，又加之乾隆三十六年（1771 年）回归祖国后，维吾尔族、回族离婚习俗对他们的影响，在男女离婚问题上是比较开明的。一般在离婚前，要互赠 1 块羊踝子骨，其骨有大拇指大小（新疆儿童常玩的 1 种羊踝子骨），到街上吃 1 顿饭，氏族头人或高才大德的反复问 3 遍，你们同意离婚吗，两人齐答同意，就算离婚了。离婚后，女方提出离婚的不得带走任何东西，男方提出离婚的，女方要拿走娘家陪嫁来的全部物品。如有子女，全归男方。女方如要嫁人，往往要首选男方的同族兄弟，一般不得再找男方氏族以外的男人。现在虽然一切按国家法律办，但羊骨歌别的风俗犹存。

维吾尔族的三声塔拉克的离婚风俗。1950 年以前维吾尔人对离婚比较简单，男子只要在自家的院子中大喊三声“塔拉克”就算离婚了。“塔拉克”之意是“休妻了”。当地维吾尔族的头人和维吾尔官员以及宗教阿訇，认为这样不利于家庭发展和子女的抚育，还带来了较多社会问题，就规定了必须经伯克（官员）调解无效后，询问夫妻两人三声是否愿意，两人若齐声喊同意，然后男子回到家中大声喊三声“塔拉克”才有效。如女子提出离婚的，不得带走家中任何东西，如男子喊了“塔拉克”的，女子除带走自己的嫁妆外，还要拿走男子的 1／8 财产。1950 年按《婚姻法》办事，离婚现象大为减少，但离婚现象仍比其他民族多。

回族人 100 天守限子的离婚婚礼。回族人如因婚后感情不和，离婚后的妇女要等 100 天以后才能改嫁，这叫守限子。这种规定一方面是为了让双方重新考虑是否复婚，另一方面是看女方是否有身孕，以免酿成不必要的纠纷。回族的 100 天守限子习俗，有其进步性，往往在守限子期内，有一半以上复婚的，维护了一个家庭的稳定。当然他们一般不愿离婚，认为离婚是一种罪恶，往往双方都有负罪感，压力较大。1950 年实施《婚姻法》之后，对离婚有了新的认识，比 1950 年前为多。守限子的习俗依然保留至今。

汉族人回头看的离婚风俗。这是 1950 年以前的一种习俗。汉族人千里迢迢来到新疆，解决一次婚姻问题实属不易，感情实属不和，也有离婚的，但带有明显歧视妇女的休妻制性质。往往是男写休书，不会写的要找人代写，要经会馆掌柜大把子调解，无效，询问之后，让他们站在 50 米之外，各自做 3 次回头看仪式之后才能离婚。这种仪式可使 1／3 对夫妇回心转意，男方要回休书。如大把子调解无效，允许离婚，女子可带走陪嫁财产，以及男方的 1／8 财产。这种财产分割法，是明显学习了维吾尔族习俗的。汉族古老的文化底蕴把离婚当做一种丢人的事。男女双方承受的社会压力很大。中华人民共和国成立后，按国家法律办，各省会馆这种民间组织已自然消失。

白喜事

1949年以前，巴音郭楞境内的汉族人和全国各地的葬俗大致相同。他们把死称为白喜事，指衰老的死亡，新生成长，这是大自然新陈代谢的一大喜事。人死无大难，一切归入了平和宁静之中，这是第二大喜事。人死之后，身体埋入地下或烧成了灰烬，而精神和灵魂却进入了天国，这是第三大喜事。所以汉族人自古以来把死亡看成是白喜事。这种看待死亡的价值观和人生观有较高的价值取向。

巴音郭楞境内的汉族丧制原为厚葬，现为薄葬。1949 年以前葬俗分五种情况：一是有钱有势的扶灵柩入关，骨归故乡。这种现象占少数。二是在新疆几辈、几十辈了，家大业大，金钱车马，建陵立碑，招看风水，厚棺重敛，大操大办。这种现象也占一小部分。三是一部分来新疆勤劳致富，相机暴富，经商速富的汉人，办棺椁纸马，道场重祭，送幛携联，前呼后拥。这种情况只占一小半。四是大多数汉人只是死后守灵，置薄棺，立木碑，亲友吊唁一番，埋入墓中即可。五是一般青年男女及小孩命不及寿的，连木碑都不立，埋葬即可。这是学习当地其他民族简葬速葬方式。1949 年以后，革除了一些人的厚葬陋习，死者当日或 3 日后入葬，约期开追悼会。现在的城市汉人普遍火葬，农村人去世后即实行土葬，每年清明节，家属都要到火葬场骨灰盒存放处或坟地悼念死者。

蒙古族的丧制薄葬。1949 年以前有火葬、天葬、土葬等五行葬法。火葬是火命人所用的丧葬形式。就是把死者遗体用净水沐浴，用白布裹好，把死者在墓地掩埋，过一段时间请喇嘛念经，取出尸骨烧成灰，把骨灰撒入高山草原最干净的地方或死者生前最喜爱的地方。如果死者是有威望的喇嘛，将其骨灰制成法体，供奉在寺庙中。如果是土命人就用土葬，选定墓地挖坑，安葬入殓前撒些糖果、酒肉等食品，祭祀大地神明，以示大地接纳死者入地。埋葬时堆一个土包即可，不立墓碑。现在蒙古人城市用火葬，草原和农村用火葬、土葬两种形式，天葬、水葬、木葬已不用。

维吾尔族丧制从简，不用寿材，不兴火葬。人离世后，直系亲属穿着孝服，请阿訇给死者遗体净身，再用白布裹体，撒上香料，由依麻木诵经祈祷后，定于次日日出之前由男性亲友送入麻扎（墓地）安葬。死者逝世后的第三、七、四十天和一周年时，家属要请阿訇念经，要请亲友悼念。这种悼念形式叫“乃孜尔”。

回族人丧制从速。教民死后当天即埋，遇有特殊情况，至多拖延一两天，实行土葬，不用棺木。安葬做好四件事：一是挖坟，先挖直坟，再自南向北挖一深穴，穴长 2 米，宽 1 米。二是用白布裹尸体，死者生前多么高贵均不得用丝绸做尸衣。三是请阿訇用皂荚水给死者净身后，放入公用的塔卜下匣子。四是由阿訇替死者忏悔，后启出塔卜下匣子，送墓地安葬。家人一般要在坟旁植树。对鳏寡孤独的死者，回民乐于帮助，使死者很快入土。

蒙古族的薄葬、维吾尔族的简葬、回族的速葬，都对汉族的厚葬产生巨大的影响，现代汉人汲取了这几种先进的葬法。只要是先进的东西，它就是一种潮流，就会使各民族争相仿效。

民族家庭

巴音郭楞的蒙古族家庭，儿子娶妻后另置一蒙古包，位置在父母的蒙古包不远处，家产仍是统一的。如果另起炉灶，则将家产分开。父母去世，由幼子继承财产，因此蒙古族人称幼子为“守灶的”。由于蒙古族男人在家庭生产中起着重要的作用，因此家庭中男人占有支配地位。这是由于男人在生产劳动中、在对外交往中的重要作用决定的。他们牧羊放马、护草转场、待人接物、支应头人、接待喇嘛、招待族人、宰牲卖皮、外出购物，这些都是妻子无法替代的，而家庭琐事则由妇女料理。妻子早起晚睡，终日操劳，对公婆孝顺，对丈夫贤惠，对子女慈爱，虽然辛苦，而毫无愠色。

满月礼和三岁之剪

巴音郭楞汉族婴儿的满月被看作是一件大喜事。每到这一天，经济不宽余人家都要请上几个朋友，吃满月喜酒，富足人家更是大宴宾客，吹拉弹唱，热闹一番。

满月是给孩子洗礼的仪式，要给婴儿洗澡。1949 年以前巴音郭楞缺医少药，婴儿极易死亡，有的生十几个成活一两个的现象并不鲜见，什么婴头风、3 日风、7 日风、9 日风、半月风，这五天是婴儿最易死亡的日子。婴儿活到30天，证明他经过了 5 大劫难之日，在生命的旅程中是大有希望的。巴音郭楞的汉族人把孩子满月看作和结婚一样，值得庆贺。

满月除了庆贺之外，还要给孩子起两个名字，有的还要起两名，分大名和小名，大名以祖姓为第一字，第二字一般是辈数，第三字是名，如王文庆，王是他和祖辈千年不变的姓，文是他和堂兄弟、叔伯兄弟共用的辈分字，是一代一字，庆是他的名。最后一个字，往往比较文雅大方。另外起一个小名，为了孩子金贵宝贝，好养好长，起的名字往往粗俗，什么石头、柱子、小狗、大宝、粪堆、狗剩、马蛋、三毛，仿佛两个名字一起向世人宣布，世界上名正言顺地有了这样一个人。

三岁之剪是巴音郭楞蒙古族人的习俗。他们认为，头发是高尚之物，发之父母，不得随意剃去，二是认为头顶的卤门口未合拢，因而头顶不得随便动。所以要等 3 岁后才剪胎发。再则认为孩子长到 3 岁是人生历程的一个重要转折点，3 岁孩子，会蹦高，会记事，会说完整的话，是一个值得纪念的年龄。

剪胎发的仪式，参加者主要是本家亲戚，最主要是舅舅要参加。蒙古族人认为舅父为大，其余是邻里、朋友和同事。剪胎发的日子，孩子的父亲要选一个良辰吉日，备好酒桌，举行盛宴，大宴宾客。

剪胎发仪式分为首剪、家剪、客剪 3 种仪式。首剪，朝阳升起之时，由舅舅动第一剪，也有和孩子属相相同的 15 岁的阳光少年当首剪的，首剪的头发当众装入剪刀柄上的哈达结内，以示纪念—— 一个朝阳般美好的人生起点。

家剪，是家庭中祖父母、父母、兄弟、姐妹依次各剪一剪刀，家中有未来到场者，要留下一剪刀，待他回来再剪。

客剪，由客人中的长者剪一剪刀，来客每人都剪一剪刀，请大家喝酒唱歌，祝福他健康成长步入了人生的新时代。

扎耳眼和割礼

巴音郭楞的每个维吾尔小姑娘和回族小姑娘都要扎耳眼。扎耳眼这天，往往许多女亲友聚集在一起，唱歌跳舞，像三·八妇女节聚会一样，一般男子很少参加。小姑娘的父亲如执意参加，不是被婉言请了出去，就是被女性轰了出去。

这是维吾尔族人民和回族人民一种特有的习俗。扎耳眼一般在双月进行，小姑娘的岁数也要求是双数，一般在 6 岁或 8 岁，天不冷不热的时候进行。这是小姑娘长到开智爱美的年龄时的一件喜事，和男孩的割礼是对称的，标志着女孩已经走向了阳光灿烂的少年时代。

扎耳眼时，由两个年老女性进行。先在火上把针烧透消毒，两个女性长者用酒洗了手，边把女孩的耳垂揉得麻木了，边给她讲着笑话，趁她不注意，两位老年妇女互相施个眼色，同时一针戳下去。小姑娘要哭之时，一块点心或蛋糕已塞进了她嘴里，不等哭声起手术已完成。据说扎耳眼和种牛痘一样还有防病免疫作用，不过这只是一种习俗文化。

割礼，是巴音郭楞的维吾尔族、回族男子人生要进行的一次小手术，这也是人生的一件大喜事。割礼这天，人们在屋顶敲起纳格拉鼓，吹起唢呐，像过节一样喜气洋洋。

割礼是伊斯兰教的一种习俗，就是将男孩的包皮割去一半，使男性生殖器外露生长，而不至于包皮污秽得病。科学研究表明，这是符合科学卫生要求的一种习俗。割礼的时间一般是在单月进行，孩子的岁数也是单数，一般是 5 岁或 7 岁。为了伤口愈合得快，不易感染，多在春秋季节进行。

割礼这天，要大请宾客，将要割礼的孩子要亲自去请。这天他要穿戴一新，他的被褥也要换成全新的，标志他成了一个有智慧的阳光少年。孩子由大人领着去亲朋好友家送请柬，前来祝贺的客人要赠送点小礼品。

割礼的方法十分有趣。专门割礼的长者要穿 1 件长袖衣服，把锋利的手术刀藏在袖内，不让受礼的男孩发现。开始长者对小孩蒙哄，把男孩下身脱光，用手摩挲男孩包皮，佯装若无其事的样子给小孩讲故事，乘男孩不备迅速地将包皮割掉，仅用 1 秒钟。等男孩感到疼痛时，1 个熟鸡蛋已经堵住了孩子的嘴，男孩吃完熟鸡蛋，剧痛已过。割礼在单独的房间进行，谢绝女性入内。

摄影：文昊

祖腊节和查干萨旦节

祖腊节也叫明安珠勒节、千灯节、千佛灯节，这是巴音郭楞蒙古族的传统节日，在农历十月二十五日举行。晚间掌灯后，全家老少围坐在一起，用荞麦面和酥油做珠勒佛灯，放在桌上的盘子里。有的一盘佛灯 33 个，有的 77 个，有的 99 个，有的 100 个，有的 300 个，有的 1000 个不等，同时做些桌灯放在窗台、门套上，牛栏、马棚边，然后合家围坐灯旁观灯，以示日子红火兴旺。土尔扈特人也把这一天叫做满岁节和冬至节，不论那天出生的人，到祖鲁节就增加一岁。祖鲁节又是喇嘛黄教创始人宗喀巴圆寂的日子。宗喀巴（1375~1419 年）本名罗桑扎巴，青海湟中人，藏族称湟中为宗喀，故名宗喀巴。其幼出家，长入藏，改革宗教，严守戒律，遍学显宗、密宗，发起主持传召法会。他兴建甘丹寺，形成格鲁派黄帽喇嘛教，著《密宗道次第广论》，后将他圆寂的这一天认为是他成佛的大喜日子。因此这一天人们杀牛宰羊，念经点灯，唱“祖鲁歌”，祝人增岁。无论僧俗，都要终生祭祀。

查干萨旦节即春节，也叫白节，蒙语“查干”是“白”的意思，萨尔是月，把正月叫做白月。巴音郭楞的蒙古人以白色为高雅、吉祥和纯洁，故称为白节。此节源于元代，那时到了正月初一，部落的首领要穿白袍，各氏族酋长要向他献白马、散白银、赠白哈达。

一到腊月，他们就开始清扫蒙古包，备节用奶食、肉食、油食、面食、饮食。洗衣调马挂灯笼，在佛龛上插金银花摆酒食，点长明酥油灯敬神。晚饭做好后，长辈念着 7 代祖先的名字，家人开始背诵祖先的生平和事迹。每念完 1 个祖宗，向天和地洒一盅酒，祭毕，围坐蒙古包内，不言不语守岁，子夜时分，才开始用餐。晚辈向长辈敬辞岁酒，长辈向晚辈赠长岁果（吉利果），午夜饭一是吉利果，二是饺子，三是土尔扈特的馅饼和酒菜等。餐毕开始尽情地弹琴、说书、唱歌、跳舞，通宵达旦尽兴。

初一晨，男女老少穿上节日的盛装，晚辈向双亲和祖辈叩头、行礼、敬酒、献哈达，祝身体健康，晚年幸福。老人拥抱晚辈，斟满牛奶，递给子孙，祝孩子们长命百岁，终生幸福。初一至初三，人们骑马串蒙古包拜年，并互问“新年好”和互相敬献哈达，尤其要到有过纠葛的本部落的人家中拜年，以示和好及有肚量，并共图致福致业之路。青年们利用串蒙古包拜年之时，赛马追逐，蔚为壮观。初三至初五向亲戚们拜年，舅妗、翁姑、叔婶、姊兄都热情招待，唱歌喝酒，来宾向亲戚们点头祝福，边歌边舞，十分热闹。

那 达 慕

巴音郭楞蒙古族的郊游节日，农历六月初四举行。那达慕是蒙古语“游玩娱乐”之意。元代成吉思汗征服了花剌子模，在新疆举行了那达慕大会，会上举行了射箭比赛。至明清两代举行那达慕大会由赛马、射箭、摔跤、下棋、说书、歌舞等，逐渐演变成了官方举办的节日。日期也由官方定了下来，增加了许多内容，有赛牦牛、田径、球类比赛、放映电影、戏剧观摩、比赛演出等。商贾从各地云集草原，叫卖不停，还举行物资交流盛会。草原的牧民穿着节日的盛装，到寺庙熬茶礼佛，到大路上祭鄂博，到游戏的地方举行各种比赛。远来参赛的牧民临时架起的蒙古包错落有致地散布在草原上；居住在县城、首府、京城等地的群众也专程赶到故乡参加那达慕大会。各单位互相联欢，各个蒙古包相邀作客，敬酒祝愿，载歌载舞，共庆佳节。那达慕是人民大型综合性节日，既反映了巴音郭楞人民的文化特点，又与当代生活相结合，日益受到全州乃至全疆各族人民的喜受，是高寒山区一个天暖草壮、畜肥肉香、花鲜人欢的全民性游艺节日。

那达慕大会的几项有趣的赛事：

赛骆驼：在放牧中，男子多骑马，小姑娘多骑驼。赛骆驼一般为女性、老人和儿童。平时骆驼走得慢，如参加比赛，骆驼奔跑如骏马，加上骆驼披红挂彩，骑手身着盛装，骆驼体貌独特，奔跑样子怪异，骑手技巧精湛，引人入胜，引起草原上一片喝彩。60 岁以上的老人，6 岁以下的儿童如要参加，要骑两岁的小驼。

赛牦牛：牦牛外貌使人害怕，但性格温顺，能负重物走山坡石滩。每逢节日，牧民们到山坡石滩之地参加赛牦牛会，内容分别是跑山坡路，跑石滩路，角抵。人们穿着节日的盛装，敲锣打鼓，歌声、掌声、笑声、欢呼声、乐器声响彻山间，喊声阵阵，歌声阵阵，经过较量，给优胜牦牛披红挂彩。这项比赛直接促进了畜牧业的发展，很受牧民欢迎。

赛牧羊狗：重大节日举行，始于西迁伏尔加河两岸后。届时，参赛者带两只羊，将羊放入 1 个羊圈，参赛者本人站在羊圈两千米处。随着一声哨响，参赛者将狗放出，牧羊狗跑向羊圈，嗅出主人的羊，并且把两只羊赶着送到主人的手中，早到的狗为胜。一般的牧羊狗做得很好，引来草原上一阵又一阵的喝彩。此项活动深得人心，对畜牧业有益处，牧民们大为欢迎。

摄影：晏先

人节

是巴音郭楞的汉族人在明清代和民国年间所流行的节日，每年的农历正月初七举行。相传此节源于古代的占卜打卦。古人相信天人感应，即天和人的情感是相通的、相应的，青天上苍要在这一天降福所有的人。古人把七称为巧，天把人们满岁后的第一个七巧日定为人节，给人一个欢乐，给人一个聪明，给人一个幸福。

为图个吉利，古人正月初一不杀鸡，初二不打狗，初三不骂猪，初四不吆羊，初五不赶牛，初六不骑马，初七不行刑。对犯罪的人不打不骂不杀，还要给他们一脸的笑容，一桌子的好酒好菜让他们吃饱吃好，恢复他们做人的尊严。亲友去探望他们以体现人情；官员和大慈大悲的人去看望他们以体现人味。

明清民国时的巴州汉族人，大都是流民贬宦，尝尽了人间冷脸寒屁股，看够了世上的眉高眼低恶面孔，他们需要人情人味，再加上屯戍官兵人人对内地都有一种思乡情，思亲情，思根情。每逢这一天，人们盼望天朗气清，举行各种节日的风俗活动，以寄托对内地高堂和亲友的思念，祈求上苍给亲人们幸福安康，给朋友吉祥如意，给乡邻风调雨顺，给不幸的人一个祥瑞。

人节这一天，大户人家要给长工和婢女及童养媳放假一天，让他们玩个痛快，玩个过瘾。女主人要亲自下厨为他们做七样菜，谓之七彩，而且七样菜都要花色不同，肉鲜味美，鸡鸭鱼肉蛋菜糖一样不少，使这些终日为他人劳作的人也享受一番。主人为他劳作的人使之享受，体现了人的平等，人的博爱，人的善良，也体现了中华五千年文明所特有的融合宽容之人情。

人节这一天，相传焉耆汉城的汉人们，对于鳏寡孤独、残疾人、乞丐还要给予资助，在这些人的门前，文人们送上一个大写的“人”字，让这些人恢复做人的信心，做人的灵魂，勇敢坚强地面对人生，使人的生命呈现出更加光辉灿烂的七彩。无钱无字的人，要去尽力帮助他们，要用暖语真情去抚慰他们，让这些人觉得仿佛这一天世界变得无限美好。

人节这一天又是孩子们的天下。师长要给孩子们放假，不训教孩子，父母不打骂孩子，即使孩子闯了祸，也要忍到第二天去训示教育。孩子们可以打“牛”（陀螺），打尖尖，可以跳绳，可以去滑冰、玩雪人、打雪仗，可以打秋千、摔跤，要让孩子们尽情地玩，玩个够。

人节这一天，当时焉耆的汉族人要到博斯腾湖边去探胜。相传博斯腾湖是西王母沐浴之瑶池，人们这一天看了博斯腾湖大冰滩胜景，就会带来一年的好福气。这种古老习俗名曰“踏迹”，是寻访拜谒西王母遗迹之意。在今天，人们虽不十分重视这个节日，但仍在老巴音郭楞汉人中流行。

摄影：晏先

肉孜节和古尔邦节

巴音郭楞的回族、维吾尔族、哈萨克族等信仰穆斯林的群众，每年都要过肉孜节和古尔邦节这两个伊斯兰教重大的节日。

肉孜是阿拉伯语“斋戒”之意。这个节日的当月要封斋。

在斋月的第一天晚上，阿訇在清真寺宣礼楼上面向西方，寻找纤细的月牙，如果见月，这天晚上就进入斋月，否则顺延一两天。封斋期间，人们要在日出之前吃好封斋饭，日出之后，整天不进饮食，要克制私欲。整个斋月十分庄重，是人们最高贵而又快乐的日子。月末阿訇看见西方新月，月后第二天即为开斋日肉孜节。庆祝活动隆重，扫庭院、穿盛装、互拜节、兴歌舞、吃美食，尽情欢乐一番。

古尔邦是阿拉伯语，意为“献牲”之意。古尔邦节是信仰伊斯兰教群众最为隆重的节日，在肉孜节后的第七十天举行。相传先知易卜拉欣受安拉启示，要他宰杀自己的儿子伊斯玛仪以献祭，当先知执行时，安拉为其真诚所动，遣天使牵来一只黑山羊，命宰羊代献。为了感谢安拉的仁慈和穆斯林的忠诚，宰牲献祭便在阿拉伯民族中流传开来。古尔邦节到来之前，家家制作馓子、糕点，沐浴诵经，拜亲访友，主人盛宴接待拜节者，人们唱歌跳舞，尽欢而散。

4 衣食住行

摄影：晏先

时髦华贵的服装

新潮服装只要在上海、北京、广州等地流行3天后，巴音郭楞也就流行起来。有人做过统计，说巴音郭楞人穿着华贵在全国名列前茅。由此引起世人的刮目相看。

因为塔里木石油勘探开发指挥部就在库尔勒市，全国来塔里木会战的石油健儿和中外专家数十万人，这是一个巨大的购买群体。更重要的是当年的上海、北京、广东支援边疆的知识青年，他们的第二代已经成长起来，他们利用内地亲戚优势，时刻盯着时装的发展。一旦发现有新潮流行服装出现，马上飞运而来，引得巴音郭楞成了最时髦之地。一个五十几万人口的城市，仅各种服装专卖店就达千家，而且生意火爆，甚至内地名牌西服厂家有好几家把分厂搬到巴音郭楞。

这几年库尔勒市被评为全国优秀旅游城市、国家卫生城市、全国优秀科技城市、全国“双拥”模范城，新疆和不少内地人称库尔勒市为“小香港”、不夜城，一时中外游客纷至沓来，这又给新潮服装带来了巨大的商机。反过来，新潮服装又促进了巴音郭楞汉族人服装的高雅、时髦和华贵。

新潮服装炒热巴音郭楞，这与汉族人自古爱美分不开的。清末，他们男穿马褂长袍，头戴红顶子小黑帽，脚穿蹋倒山布鞋或千层底布鞋；女穿旗袍，头挽发髻，脚穿绣花鞋，平时穿中式便服，男对襟，女大襟，下穿扎腿裤。一般人都有便服和礼服两套。礼服也叫节庆服或见人服，即遇别人结婚、满月喜庆时见众人时穿的服装。即便当时内地来此打工种地的长工都有两套服装。清政府规定：“长工和主人同坐共食，主人每年制衣常服、礼服各一套。”民国年间，焉耆城的汉族人穿中山装、列宁装，也有穿长衫的，女穿拖地中式裙，也有穿旗袍和布拉吉的。据史传，民国十八年（1929年）焉耆县长徐舫找了一个苏联妻子，穿着1件布拉吉飘飘欲仙而来，一时引得全城女性骚动，争相效仿，引起了全城一次服装潮流，布拉吉从此在焉耆汉族妇女身上飘了起来。

民国年间最流行的是中山装，因孙中山先生带领人民推翻了两千多年的封建帝制，当然他创造的服装是最时髦的了。中华人民共和国成立初，随着学习苏联老大哥的风气之盛，列宁装和布拉吉又成为潮流装。文化大革命中最走红的当属军装，男女老少谁要有身军装，往人前一站，其他人顿时黯然失色。据资料表明，1973年驻巴音郭楞军人丢失军帽213顶，大部分被老百姓一借不还，少部分被朋友、同学当众揭走，不见踪影。就连十七八岁的小姑娘都穿上军装。1980年以后，巴音郭楞的汉族人好像一下子全变成了春天花草一般，一天一个形象，小姑娘变得花枝招展，小伙子想穿马甲、牛仔、猎装、西服、中山装、列宁装、军便装，你尽管穿，就连老年人也大红大绿招摇过市，一时间把巴音郭楞打扮得如同模特比赛一般。台湾女作家三毛到巴音郭楞感叹地说："巴音郭楞人穿的服装远比中国大陆乃至台湾华贵考究，当属中国之首，北京、上海、广州远没有这个小城时髦。"她的话真可谓说到点子上，只要你到外地细心地和巴音郭楞人的穿着一比，你就会觉得这位台湾女作家眼光不一般了。

巴音郭楞的汉族人讲究穿着是有融合性渊源的，是特有的一种历史文化继承性。巴音郭楞地处丝绸之路的南北两道，受世界四大文明碰撞和融合的影响，自然而然把服装美当做了一种自身的追求。再则土尔扈特和硕特蒙古在乾隆三十六年（1771 年）从伏尔加河西岸归来，他们带回了许多欧洲着装文明，这又是一次对汉族人民着装思想的冲击。

摄影：杨洪

灵魂一般的服装

巴音郭楞蒙古人的服装神奇而美丽，闪烁着一种灵气。他们有这样的格言，可以没有牛羊，但不能没有灵魂和服装。

他们的服装按季节分主要有毛皮衣、皮夹衣、布绸单衣三种。毛皮衣为冬装，皮夹衣为春秋装，布绸单衣为夏装。其中皮毛衣外为皮板，内皮毛，经熟皮洗净后，外饰布面或绸缎面制成的衣物。皮夹衣为里外无毛熟制皮革，饰以外布面或绸缎面制成的皮衣。夏季的布绸单衣最为绚丽多彩，把巴音郭楞打扮得

摄影：晏先

别有一番情趣。

服装分常服和礼服两种。蒙古族牧民男子常服，大部分为布面或绸布面毛皮长袍，少部分为光板面的毛皮长袍，又穿彩色绸缎镶边皮裤。头缠各色绸子的包头布，脚蹬皮靴，腰缠彩绸带，穿衬裤衬衣。牧民男子的礼服，主要是节日、祭祀、盟会、走亲戚穿的，上衣为绫、罗、绸、缎面的皮长袍（蓝、紫、黑、红 4 色为三色调），下穿绸面镶边皮裤，头戴礼帽，脚蹬皮靴，腰挂土尔扈特小刀（刀鞘镶金银）或精制的鼻眼壶和精制的火镰，显得英俊威武，雄姿灵性，别有一番男子汉风度。

女式常服，平时扎彩色头布，穿短袖布绸长袍或皮长袍，皮长袍也要饰布绸面，有蓝、绿、紫、红 4 色，下穿布绸长裤，内上身要戴上红兜兜，脚穿毡统和毡靴（因妇女不外出放牧，在家中收拾家务，一般不穿皮靴）。女礼服是用各类丝绸锦缎做的长袍或绸裤，已婚女性穿开襟长袍，姑娘穿大襟长袍，下面均不开衩，长袍上有绣花、扎花、印花、染花，脚蹬红、绿长皮靴，头戴装饰有金银、珍珠、琥珀的圆帽，两根辫子装入后背丝料辫套，辫套下装饰有金银色的丝穗线。脖子上挂着银项圈，坠有翡翠、珊瑚，灿烂得就如同活灵活现的星星撒满节日的草原。

他们的裤子都特别宽大合适。民国时期焉耆裁缝街曾流传这样："蒙古人的裤，一身的布。"意即蒙古族同胞做一条裤子的布，别的民族可做一身衣服。因为土尔扈特人经常骑马，无论是皮裤、布裤较一般人裤子宽大得多，这样长时间地骑马、放牧中不易撕裂和损坏。

蒙古族的服装是随时代变迁的。明代他们穿长便袍，男穿对襟，女穿大襟。西迁伏尔加河两岸后，喜穿短便袍，男女均穿对襟。东归祖国后清代女穿长旗袍，男穿长袍，都穿大襟，下摆均不开衩。到民国时期，开始穿西装、中山装、中便服，男子和已婚女性可穿中间开襟的长袍。古老而又华丽的蒙古族服装，在牧区颇为时兴和盛行，而且还成了一种高雅、尊贵、富有、灵气的象征，颇使其他民族羡慕不已。

令人神往的服饰

巴音郭楞的回族女性讲究穿着，因而她们精于缝纫，善于绣花，巧于镶嵌，灵于打扮。把老人们打扮得淳朴素净，使人尊重；把孩子们收拾得花枝招展，活泼可爱；把男人装扮得人模人样，精神抖擞；把女人打扮得如模特一般。

姑娘出嫁后，能取得上炕的裁缝，下炕的厨师称号才算是个好媳妇。她们在枕头、被面、炕围，自己的红兜兜上、夹袄上、棉袄上，男人的白帽上、马甲上、坎肩上、鞋跟上，孩子的罩衣上、裤子上、鞋面上都绣上花鸟虫鱼。她们为老人们缝制大方得体的青黑色服装，为男人们缝制18粒核桃扣的白色内衣便襟，雄气勃勃的黑兰色上下装、外罩坎肩，头戴白便帽，使男人们显得魁梧威风。她们为孩子们在服装鞋帽上镶嵌鲜艳的金银饰物，同时把自己打扮得十分得体。女人带上手镯，挂上项链，套上戒指，插上头卡，别上胸饰等装饰品，成为巴音郭楞又一道靓丽的风景线。

1949年后，回族人民的服装更显得生机勃勃，一般喜穿中山装、便装、旗袍、布拉吉（西式连衣裙）。如今焉耆的回族妇女随着地位的不断提高，循老套，遵旧俗越来越少，她们喜欢穿连衣裙、牛仔裤、短袖衫。回族男人似乎是由女人们打扮的，也穿起了西装、猎服、牛仔裤等。1990年从回族各年龄段的115人抽样调查中，喜欢穿流行服的49人，占42.6%，喜穿西服的32人，占27.83%。对穿牛仔裤、连衣裙、短袖衫抽样调查中，认为穿牛仔裤难看的32人，占27.82%，认为穿连衣裙难看的4人，占3.43%，认为穿它们伤风败俗的2人，占1.74%，有72.17 %的人认为好看，可以穿。新式服装被大部分回族人民所喜爱。当看了这说服人心的证据，仿佛一个生机勃勃的巴音郭楞回族在向我们走来，似乎谁都无法束缚他们爱美求靓的追求，谁都不得不承认回族男人富有活力而潇洒、女人富有诗意而美丽。

回族人讲究服饰净、居处净，婴儿用白布包，长大戴白帽，归真（死亡）后用白布裹身。因白色不藏污纳垢，发现不洁之处便于及时清洗，白色似乎伴随回族人民一生。至今男人们喜欢戴白色小帽，穿白色小褂子；女人们穿白色、素净、淡雅的服装，更增添了他们一种传统神秘的美感。只要是美丽，即便是传统的，人们会永远爱它，因为它使巴音郭楞的回族美丽而神奇。

小炒肉与大盘五道黑

巴音郭楞的汉族人主食以米、面食为主，喜食杂粮玉米面、黄豆面、绿豆、小米等。肉食喜食牛羊肉，与各族人民共同生活中有融合性的嗜好和口味，认为牛羊肉远比大肉好吃。但大批新来巴音郭楞落户的汉族人仍喜食大肉。他们喜食各种鱼虾鸡鸭、野味野菜、家常蔬菜等，吃瓜果也和当地少数民族一样，成箱论麻袋往家里买。据说许多当年上海支边青年的第二代回到上海后，看到上海亲友买 1 片瓜、半个果惊得眼睛都直了，由此而过不惯，大部分又重回巴音郭楞了。

说起吃来，要算巴音郭楞的汉族人创造的小炒肉和大盘五道黑最有名了。

小炒肉是上几代汉族人储存牛羊肉的一种方法。买回牛羊肉之后，割下肉和油，切成拇指大小，放到锅内将水分炒干，再放上花椒、盐、孜然、辣面等。在没有冰箱的年代，其放至一月半月不坏，每次炒菜时放一点。在清代民国年间，以至于文化大革命前后期，是巴音郭楞汉族人储存肉食的一种主要的方法。

大盘五道黑。在 20 世纪 80 年代后，博斯腾湖的鲈鱼（俗称五道黑）鱼香肉美，人们只是炸、煮烹制，不登大雅之堂。巴音郭楞宾馆的吕一然师傅突发奇想，将 4 条重 0.5 千克大小的五道黑改为煎炒，用料不用醋，而用博湖县的西红柿酱制酸，不用糖而用蜂蜜制甜，只放盐，而不放味精，放辣子、孜然作菜引子，炒出之后，红、金、绿、白，色鲜味美，并给起名“大盘五道黑”。从此吕师傅成了巴音郭楞第一个特级厨师，后在新疆成为一代名厨。大盘五道黑也就身价倍增，香满巴音郭楞了。

土尔扈特馅饼和丁丁子饭

巴音郭楞的蒙古人肉食为牛、羊、马肉，一般为羊肉；主食为面、米食，以面食为主；奶制品主要为牛奶制品；饮料主要是红奶茶。

米面食最有特色之一的是土尔扈特馅饼了。馅饼是用奶疙瘩、蜂蜜配以佐料，并加草地上易食的新鲜花朵为馅，用发酵揉制好的饼面皮包制而成。制这种饼面皮非常讲究，要揉制几十道，是用鸡蛋和面，面皮揉至又滑又亮才能包馅，然后细火烤制而成。吃起来甜香酥脆，美味可口。

他们的米面食最有特色的还有丁丁子饭。是将肉、胡萝卜、圆葱切成蚕豆大小，加酥油煮熟即成。配以腌菜而食。丁丁子饭和维吾人的抓饭有点相似，不同之处是蒙古人用小勺吃，不用手抓。他们平时一般吃白米饭，但过节除外。

九碗三行炮仗子

巴音郭楞回族人主食为面食，种类繁多，如馍类就有花卷、油塔子、糖酥馍、油酥馍、烘馍、蒸饼，蒸馍、油香（油炸饼）、油条、馓子、麻花、面条、包子类等有几十种。

回族人最有名气的菜当属九碗三行了。九碗三行是指宴席上的菜用大小相同碗来盛，并要把 9 碗菜在桌子上摆成每边 3 碗的正方形，无论从东西或南北方向看都成三行，故名“九碗三行”。这种宴席上菜颇为讲究，一般先上四个角的肉菜，称之为“角菜”，然后再上四个边的菜，其中对面的两碗菜，名称要对称，称之为“闷子”。闷子菜菜名要一样，但花样原料可以有区别，比如说东边的菜是鸡翅，那西边的菜必须是鸭膀，可以放些香菜、大葱、红萝卜搭配，花色各不相同，这样菜的色香味俱佳。

九碗三行的菜都不用油炸，只用蒸、煮、拌。菜的原料主要是牛、羊、鸡、鸭、鱼、兔肉，及鸡蛋、豆腐、粉条、木耳、黄花、蘑菇和其他蔬菜，有时根据季节的不同，所做的菜也有所变化。客人入席后，先要上小麻花、油果之类，并请客人喝茶，稍后，立即上九碗三行。九碗菜要同时准备好，上菜速度要快，一二分钟即可上齐。客人立时眼花缭乱，嗅感兴奋，味觉活跃，吃起来爽口不腻，风味别致，余香满口，食欲大增。

炮仗子，顾名思义就是爆竹，回族人叫炮仗，是回族的一种汤面。其做法是把面揉得很硬很滑，比面条的面要多揉几道。揉好面之后醒上十来分钟，然后把面剂子搓成直径 0.3 厘米那么圆，掐成 2.5~3 厘米那么长，个个如小炮仗一般。

这时锅里烧好水，放上羊肉、辣椒、熟油、味精、青菜、西红柿，将炮仗子在锅内滚上几滚，放入葱、姜、蒜、花椒、酱、醋、盐，其味美不胜收，吃到嘴中确有放炮仗的味道。吃着火辣辣的，是越吃越想吃，胃口大开，大汗长流，有点伤风感冒，保你一吃就好。有些巴音郭楞人伤小风、感小冒是不吃药的，往往喝一碗回族人的炮仗就痊愈了，不少的人还称它为“感冒汤”呢。

地窝子和四合院

20世纪50~60年代，大批的军人转业复员，支边青年、自流进疆的汉族人组成小型奋斗型、创业型家庭。在生产建设兵团农二师出现了一种典型的房屋——地窝子，这在当时塔里木盆地周围4县1市较为常见。即挖一个二十余平方米的坑，把坑周围削整齐，上边放上几根木头，铺上草席、苇把或树枝，后上房泥，再掏1个坐北朝南的门槛，顶上开1个天窗，放上1块玻璃，一间房子就这样极为简单地修成了。此房冬暖夏凉，足以抗击塔克拉玛干的任何沙尘暴，曾造就了巴音郭楞一代英雄的屯垦戍边人。

20世纪60~70年代，在焉耆地区农垦团场又出现了一种新的奋斗型和创业型房屋——苇把窑洞。即用芦苇捆成直径20厘米、十来米长的苇把，弯成拱形，两头埋入地下。苇把之间插进木穿针，木穿针直径为1~1.5厘米，50厘米长，有红柳条的，也有松木的下脚料做成的，一头削成尖的，利于插进苇把，然后用木榔头将穿针打平，打实。往往为了窑洞的美观整齐，要用木头支木模拱，打上二十几根苇把，里外抹上草泥，木拱撤掉，两头土块砌严，后设窗，前开门，顶侧再开两窗，一间房子即成。20世纪80年代末还有不少农垦职工住此房。此房特点是用料之省，屋架不用一根成型木料，而是取材博斯腾湖丰富的芦苇资源筑成的，冬暖夏凉，居住此庐别有一番情趣。这种苇把窑洞不仅造就了巴音郭楞第一代军垦人，而且还造就了第二代，甚至第三代军垦后代。

20世纪90年代以来，农村汉族住房和农垦职工的住房有了根本性的转变，一般为四合院式，中间为客房，两厢为住房。有的盖起了二层楼房，四周打围墙，院门坐东朝西，东南角为厕所，西南角为摩托车或汽车、拖拉机房。院内栽梨、苹果、葡萄树，家中养花，睡木板床，一半人睡上了席梦思床。一般家庭都有现代化家具陈设。奋斗型、创业型的军垦屋已被淘汰，城镇居民一般住砖混结构的平房和楼房。

别具一格的蒙古包

摄影：晏先

巴音郭楞的蒙古包高大、坚挺、华丽，比起内蒙古的蒙古包，直径大出1米，高出0.5~1米不等。这是由于他们在伏尔加河两岸游牧时，吸收了当地俄罗斯人把房子盖得特别高大的习俗，而且比起现在伏尔加河两岸和内蒙古的蒙古包在内部构造上要密匝、坚固得多。这是因为中国西部风沙大，蒙古包梁椽檩榫要坚固耐用，才不至于被风吹倒。再则比起其他地域的蒙古包更加绚丽华贵，这是接受巴音郭楞各民族的优秀传统，喜欢把居室装饰成绚丽的世界。蒙古包顶有悬花，壁有围花，窗有绣花，门有插花，爱美似乎是巴音郭楞各族人民生活的主旋律。

巴音郭楞蒙古包，上为木制伞状的顶架，用绳子拴上粗3~8厘米的木橛固定，二十余根木橛要打入草地 1 米以下。木橛间距40厘米左右，几十根粗1.5~2厘米的木棍插入地下，30厘米围成一圈。木棍间距8~10厘米，绑在圈架上和顶架上，安上门框和大门，门1.8~2米高，一圈围芨芨草帘和围壁，屋架即成。内外捆上围毡，里边挂上漂亮的挂毯，蒙古包圆顶上，中间有直径60~80厘米的穹洞。圆顶即毡房的屋顶，穹洞即是天窗、烟筒，天窗是透气排烟的，白天打开，刮风下雨、下雪盖上。周围还有3~5个专门留出的小窗，大都结实密匝。门朝东方，木制门较为牢固。做蒙古包的木料均为红柳木、白腊木、水曲柳木、梨木等。蒙古包高3.5~4.5米，直径4~8米不等，冬暖夏凉，美观耐用。

还有一种简易的小蒙古包，用数十根木棍搭成，天窗通风，直径2.5米，一般为简朴的牧民所住和牧民转场时所用。这种蒙古包轻便，建造容易，如遇喜庆、会盟或那达慕，牧民往往带上这种小蒙古包去参加庆贺，作为临时住宿之用。一般牧民很少用。

为迎接新娘的蒙古包是比较大的，这是为了免得婚后过几年又置办，浪费钱财。新婚蒙古包大，意味着人丁兴旺。一般新婚蒙古包不小于男方父母的。现在不少牧民已走向定居，农区、半农区、城镇的蒙古人，虽然已住上了砖房、楼房、小别墅，但屋内的陈设仍保持着古老的习俗。

蒙古包的陈设，门正中天窗下为锅灶。锅碗瓢勺放在锅台两侧，再往内放有炕桌、立柜、衣箱，紧凑而整齐。柜子左侧放收音机、录音机，右侧为佛龛。门北侧放生产工具和马具。南北地上铺毡，再铺毛毡为卧榻和会客之处。就寝时，下铺狗皮褥、棉褥，再铺上单子，棉被或毛毡盖身上。

虽然牧民走向了定居，但是牲畜没有草就不能存活，他们不可能老在一个地点放牧。夏天他们往往选择水草丰茂的草原草甸居住，冬天往往选择山低草茂，背风朝阳的冬窝子居住。

索合拉房

索合拉是维吾尔语“土块房子”的意思，是用土和泥砌筑的房子。泥稍干，两边夹模板固定，中间填泥，人上去反复脚踩压紧，每隔 0.3 米放一层拉筋材料。拉筋材料一般为芦苇和红柳枝。墙的底层放 1 厘米厚的芦苇防潮层，墙砌高 2.5~3 米，架檩条，墙的檩窝约 0.5 米。干土块铲平，架十余根木檩后，铺上一层苇席，苇席上铺直径 10 厘米的苇把，抹上 3 厘米草泥，待干后，再抹 2 厘米的草泥。墙围无窗，房顶有一两个天窗，用以采光通风。屋顶没有屋檐，也不上瓦，因巴音郭楞地区属干旱区，年平均降水量仅 200 毫米，尤其若羌、且末、轮台、尉犁、库尔勒市 4 县 1 市，甚至常年无雨，所以屋顶既无檐也无瓦。这种房子冬暖夏凉，居住舒适。

索合拉房内砌有土炕，上铺苇席毛毡，炕头四壁都挂壁毡，墙上留有放置被褥的壁橱。巴音郭楞在 20 世纪 60~70 年代曾流传这样的谚语：上海人的财富铺在路上（上海男女知识青年未婚 1 年探家 1 次，已婚 4 年 1 次），维吾尔人的财富挂在壁上。

家家门前均有小院，大都种植果木、花卉。房门的右侧设有土台，上铺毡席，供夏季纳凉之用。

20 世纪 50~60 年代，维吾尔族建筑的索合拉房已有了根本性的变化，虽然全部采用土块，但是承重墙已改为 1 跑坯 1 顶坯的 55 墙。隔墙和非承重墙采用 38 墙，即 1 顶坯即可，每 10 厘米用湿泥砌筑。墙留大窗，里外抹草泥或石灰沙浆，房内刷白石灰，庭堂明亮。

20 世纪 70~80 年代，维吾尔族农牧民住房向三室一厅发展。即正门在中屋，然后左右各开两大间，大间一般 20 平方米左右，房顶为了装饰也砌檐头，前高后低 10 厘米，房后安装水漏子，已由土块房向砖房转变，而墙体仍比其他民族房墙厚实，常用两顶砖 50 墙做承重墙，常用 1 跑砖 1 顶砖的 37 墙为非承重墙。前后开窗，高窗大棂，门高亮漆，坐北朝南，颇有气势。大部分房内也开始使用木床。

20 世纪 90 年代至今，维吾尔的房屋更是别具一格。开始修一排多间房屋，墙体有了根本性的变化，承重墙一般为 1 跑砖 1 顶砖的 37 墙，非承重墙为 1 顶砖 24 墙，拉筋材料为钢筋，外饰瓷砖，内抹水泥沙浆或贴墙纸、或贴壁画，睡席梦思床，摆设现代化民族家具。

至今仍有部分农民在住泥砌索合拉房、土块索合拉房和 20 世纪 60~70 年代的老砖房。到巴音郭楞来，索合拉房就像一座座房屋博物馆，让你观瞻。你还可以看到，中华人民共和国成立前一些殷实人家的房屋内，墙体四周雕龙绣凤，花卉流芳，花树环绕，房子的墙体就像画一般美丽。

厅厦房

1949年以前巴音郭楞的回族住房一般是融合回民生活起居特点的厅厦房。这种厅厦房以中国传统四合院建筑为模式，四合院的正北是两层木结构框架式的阁楼，二层楼前为木结构的勾连搭式的卷棚。卷棚下有1.2~1.5米宽，5~8米长的厅厦房，两侧厢房长出1.2~1.5米，无厅厦。所有外露的梁、柱、廊、窗都有精细的雕刻，雕梁画栋，飞瀑流花，蜂飞蝶欢，燕飞莺舞。花格子窗流光溢彩，厅厦子间五光十色。四合院内三四代同堂，一般北屋为爷爷奶奶所住，东西厢房住儿子儿媳，南屋住孙辈，阁楼放杂物、粮食。因焉耆地潮，极易翻浆，百年老屋极为少见。这种四合院目前已经大部分坍塌，所存只有焉耆陕西巷子有两套。厅厦房的正屋虽比其他房屋建造牢固，而所存仅有乌什塔拉农村3套和焉耆7套。

20世纪70~80年代，巴音郭楞的回族人开始建造土木结构的厅厦房，为一明两暗三大间，即正屋为厅厦房，两厢房也只是侧门前窗。和有厅厦的正屋相比，相对较暗，只是单砖平檐，檐头走向简洁流畅，屋顶只抹草泥而无阁楼。为防翻浆，深挖地基一米以下并不鲜见。房内外抹草泥，后刷白。门窗柱梁刷漆，装饰画彩。

20世纪90年代至今，开始建造砖混结构的房屋，地基大都在1.5米以下，混凝土浇灌，仍为一明两暗三大间。檐挂瓦饰彩，厅柱雕龙绣凤，或整个用各种景色瓷砖饰面，檐画大方，墙画风流，梁画新奇，柱画美丽，造型之奇特，对称之和美，式样之繁茂。

20世纪70年代后，大部分回族人换上了新式的木床，农村是土炕、木板床、席梦思床并存。1988年对110人抽样调查，喜睡新式床的77.39%，喜睡木板大通铺的15.65%，喜睡土炕的6.96%。喜欢土炕的都是40岁以上的农民。

巴音郭楞的回族人家都注重摆设。屋内陈设整齐，窗明几净，庭院每日洒水清扫，室内燃巴兰香。家家栽种葡萄，育花种草，葡萄架成荫，花草园繁茂。冬日室内花香满屋，有“无花不成为家”之说。

欢歌笑语的转场

转场放牧是巴音郭楞的蒙古族人民生产和生活的大事，一年两三次。每年 4 月要转到广阔的夏牧场，11 月转向避风朝阳、草高地暖的冬牧场，甚至有时畜群丰收还要再转一次场。

搬迁转场时，人们都要欢歌笑语，和和睦睦，互相帮助，以防天神生气有不测风云。把家什放在槐车上，用异常美丽的饰物相盖，以保持天空、草原和槐车一样美丽。到了迁居地，早迁来的人都要来欢迎，并要帮助搭蒙古包，卸东西，送肉送饭，送酒送茶，表示对乔迁的关爱。接受礼物的人家下次转场也要帮助别人，迁移中拾到前边人家丢失的牛、羊物、物资要奉还失主。转场时，中青年男子看管物资，吆赶牛羊，中青年女性照顾老人和小孩。他们天不亮就做好了准备，太阳出来之时启程，表示和太阳同行。这叫帮衬太阳的福气。一般下午 3 时到达，晚上就寝前要力争搭好蒙古包。有的转场较远的，需用两三天，甚至四五天时间，路上要准备搭简易的小蒙古包，让老人和孩子住进去休息，以免受风寒。有的来不及搭简易的小蒙古包，也要给老人和孩子在槐车上支上木棍搭车棚，让老小安睡。

他们放牧牛羊、上学购物无不以马代步。他们从小在马背上长大，每户都有 1~3 匹好马，对马有特殊的感情。驯服烈马是蒙古族男子最为骄傲而快乐的事，也是显示他们智慧和勇敢的时候，因此土尔扈特人有“马上雄鹰”之说。他们以为有了好马，就会使他们的子孙走南闯北，前程远大，创造光荣和辉煌。

人欢马叫赶巴扎

巴扎，是维吾尔语“集市”的意思。每个星期五是维吾尔族穆斯林的礼拜日，维吾尔族的男女老少趁这个日子上街赶集，就叫赶巴扎。

清代民国年间，巴音郭楞的维吾尔族人赶巴扎，农村人往往很早就起床了，有的人赤脚往城里赶，背上一双长统皮靴。皮靴是黑色或棕色的，长及膝盖处，式样非常漂亮。一般的农牧民舍不得穿，许多打着赤脚度过一生，只有赶巴扎时，到了巴扎郊外时才穿上自己的靴子，来显示他们应有的尊严。一直到20世纪50~60代年，都可以看到背着靴、赤着脚走在路上的维吾尔人。

较为殷实的维吾尔族人，骑着小毛驴赶巴扎。毛驴背上无鞍，只有一块毛毡或小褥子搭在驴背上，一个男人或者一个妇女带着一个孩子骑在驴背上，“得尔驾”地喊着，有时还飞出一串维吾尔族小调，俏皮而欢乐地向巴扎奔去。

比较富裕的维吾尔族人赶巴扎，一家人坐上毛驴车。毛驴车比一般的马车小，敞式无棚，平时运粮、运柴、运肥，载重量250千克左右。赶巴扎时，一家五六口人全坐上，快驴加鞭，琴奏人唱地向巴扎奔去，一直到20世纪70~80年代，套着毛驴车赶巴扎的并不显见。

到了20世纪90年代后，大部分维吾尔族农牧民都是骑着自行车赶巴扎，较为殷实的维吾尔族人往往是开着手扶拖拉机或骑着摩托车带着家人赶巴扎。有不少的维吾尔族人，已经开着小轿车赶巴扎。当然你也会时常碰到个别走路赶巴扎的。

赶巴扎是维吾尔族人一个古老而美好的习俗。远在一千余年前，维吾尔人就喜爱赶巴扎，学起其他民族语言来，快而准确，大部分人会汉语、蒙古语、哈萨克语，有“三个舌头，四个舌头”之称。他们在巴扎上做翻译，当经纪人，或者经商叫卖，起到了促进各民族融合交流的作用，自古就有“丝绸之路上的交际大师”的美誉。

探胜旅游串亲戚

巴音郭楞的回族人对外界的景物特别具有好奇心，朋友见面久了寒暄不了几句，就会问，有什么好地方耍（玩）去？当听说哪儿有什么名胜景点，他们只要经济条件许可，或者赶快想方设法挣一笔钱，就去探访一番，以解人生的遗憾。他们祖祖辈辈大多住在巴音郭楞的名景胜迹之地，这与他们喜欢探胜是大为相关的。

巴音郭楞的回族人还喜欢旅游，旅游使他们眼界大开，学习先进的生产生活的技能，学习其他民族进步的生产方法和生产技术，同时也参观游览了大自然的风光和人类的文明。所以他们的旅游往往既带有漫游的娱乐性，也带有目的性，是很好的一种习俗。

巴音郭楞的回族人还喜欢串亲戚，亲戚离得再远，往往一年也要互相串访一两次。去串亲戚时往往带上油炸果子、时鲜水果等礼物，回来时亲戚再回点小礼，以示亲戚不断线。到了亲戚家要互报平安，报好日子，报好事儿，但也要互相谦虚，不得豪气十足。亲戚如有什么困难，要帮孤助贫。20世纪50~60年代，走亲戚多骑毛驴和坐毛驴车。70~80年代后，生活改善，年轻人外出骑自行车、摩托车，要是全家人走亲戚上街，部分人以大篷胶轮车代步。一些人乘小四轮拖拉机前来，还有少数富裕大户，开上威风凛凛的小汽车走亲访友。焉耆的回族串亲戚还有个传说。相传古时焉耆有一回族姐弟父母双亡，姐姐出嫁后姐弟俩时常相互思念，但来往多了又怕姐姐的公婆不高兴，来往少了姐弟俩又相互思念心切。于是姐姐就想出了一个法儿，姐弟俩都在裤腰带上缝上一根线，姐弟俩每天起床打一个结，姐弟俩打到15天时，最为思念对方，弟弟就忙去探望姐姐，姐姐的公婆也非常热情。他们认为亲戚间半月走动一次，既亲近又解闷。焉耆的回族一般都半月探望一次，他们还把这种串亲戚的传统叫“半月串”。

5

民族文化

摄影：晏先

摄影：杨洪

《渥巴锡大汗》

《渥巴锡大汗》圣路部曲是巴音郭楞有史以来的第一部长篇历史小说，是以爱和人性化为主题的纯文学小说。汉文章回体。作品第一部《梦》在 2004 年 11 月由国家民族出版社出版首发，自发行以来在全国各地引起强烈反响。第二部《星》、第三部《日》、第四部《月》于 2006 年 4 月全部由民族出版社出版。

《渥巴锡大汗》描写了中华民族的伟大英雄渥巴锡的历史生活。史实发生在清朝乾隆年间，即 1742~1775 年。小说描写了土尔扈特第十九代汗王渥巴锡从诞生至执政时期以及最后去世发生的历史生活，围绕土尔扈特与和硕特人民东归史诗之梦展开情节。

《弥勒会见记》

《弥勒会见记》是巴音郭楞境内发现的最早的文学作品，是一部有关宗教的剧本。该剧本残卷于 1975 年在焉耆七个星乡千间房（又称明屋）古佛寺遗址中

出土。当时在遗址中共发现残页44张，每页长21厘米，宽18.5厘米，每页皆两面书写，共88页。出土时是叠放在一起，左端被火烧掉三分之一，有几张烧损比较严重，仅剩下几行残字。该剧本写于6~8世纪，文字为古焉耆文（又称吐火罗文A种），作者是一位高僧大德，对佛学僧界有很深的造诣。文笔深邃活泼，语言简洁明快，剧情跌宕起伏，人物形象栩栩如生，光彩照人，读后给人一种亦真亦幻的感觉，犹如神来之笔。

剧本内容是年逾120岁的婆罗门僧婆婆离，梦中受天神的启示，想去拜访释迦牟尼如来佛，但自己老态龙钟，不能亲自前往，便派弟子弥勒等16人代表他去谒佛致敬，恰好弥勒也受到天神同样的启示，便欣然应允。婆婆离告诉弥勒等人，如来佛身上有32个人像，只要看到这些人像，那就是如来佛，就可以把疑难问题提出来请教。弥勒等人奉师命来到如来佛身边，果然看到32个人像，提出几十个问题请教32个人像。32个人像分别回答，答辞明晓易懂，道理深刻，使弥勒获益匪浅，遂入佛道，而自称弥勒佛。

一代伟大的翻译家给巴音郭楞留下了光彩照人的史剧，使巴音郭楞更加美丽而神奇。

《江格尔》

《江格尔》是中国目前著名的三大史诗之一。江格尔是人民爱戴的英雄，为了创建一个人畜兴旺，没有压迫剥削，没有战乱贫穷，生活富裕的人间天堂的理想乐园——奔巴的地方，不息地奋斗。他带领12位英雄32位虎将，8000名勇士南征北战，抵抗外敌，惩处内奸，解救了奔巴人民，建立了自由幸福的乐园。

《江格尔史诗》语言优美，风格独特，是一部具有世界影响的史诗。故事产生于13世纪，经过民间长期流传，逐步加以完善。史诗全长

60章，13 万行，33000 个段落。

在节日和喜庆活动时，巴音郭楞的蒙古人都要请江格尔奇演唱《江格尔》。他们弹着马头琴或四弦琴演唱，严格保持《江格尔》的诗韵美，押首字韵，中间无道白，4~16 行为一小节，稍作语段停顿后再唱。唱者要尽自己所记连续不断地一次唱完，听的人也要聚精会神一次听完，否则你和唱的人都自感对不起江格尔英雄。《江格尔》虽有 60 章，但唱的人只会唱 4~20 章不等，有的江格尔奇还关闭蒙古包的门窗，点灯焚香，在蒙古包内昼夜弹唱，以防跑掉《江格尔》的神气。现今大部分江格尔奇已破陈习，他们在草原上为大众演唱，今天唱不完，明天也可再唱。在清朝民国时期，许多王公贵族和官府对江格尔奇都有奖励，最多的奖 99 只羊。

佉卢文简牍

佉卢文是古代印度使用的一种古文字，它表达的语言属于中古印度雅利安语的西北方言。这种语言最初流行于古代犍陀罗地区。公元前 3 世纪，印度孔雀王朝和阿育王朝就使用这种文字。语言学家将其命名为犍陀罗语。

楼兰出土的佉卢文，屡次提到楼兰国的大月氏人。他们原来属于贵霜王朝派驻鄯善的海外兵团，贵霜王朝覆灭后，他们无家可归，滞留楼兰。他们使用的佉卢文传入塔里木盆地，以后又传入中原地区。佉卢文最晚见于古楼兰国王元孟（323~335 年执政）的公文木椟文书。佉卢文作为丝绸之路上的通商和佛教语文在敦煌、洛阳、西安、楼兰都是很流行的。

佉卢文一词是梵语的汉语音译，原文是“毛驴”和“嘴唇”两词构成的复合词，意为“驴唇文”。驴唇是古代印度神话传说中一位神仙的名字，驴唇文音译为佉卢文。从右至左书写，横排，共有 5 个元音，30 个辅音。佉卢文和世界上其他文字的不同点在于，4~5 世纪后，任何国家或地区再没有使用过它，其本身也未演变成其他文字。正是由于这个原因，世界上对佉卢文和楼兰王国一样充满了神秘的色彩。

一百多年来，中外探险者在楼兰地区共发现佉卢文文书 1544 件，共分 5 个区域。

1.尼雅遗址出土的佉卢文木牍、残纸和帛书。

2.安迪尔出土的佉卢文木牍、残纸。

3.米兰塔庙遗址出土的佉卢文织物。

4.米兰寺院遗址出土的佉卢文织物。

5. 楼兰古城遗址和墓葬遗址出土的佉卢文木牍、残纸、帛书、汉锦。

最先在楼兰地区获得佉卢文资料的是英国的一个使团。1874 年他们发现了汉文和佉卢文合璧的两枚钱币。楼兰佉卢文简牍发现最早当属瑞典人斯文·赫定。1901 年 3 月他在楼兰古城遗址发现了第一枚佉卢文简牍，另有一件汉文木简牍的背面也有数行佉卢文。

佉卢文简牍 110 号解读：封牍正面：

2.沙尔菲耶，迦克耶之妻……

底牍背面：

1.沙尔菲耶之岳母名(皮)陀,鸠元那之妻。

中国佉卢文研究权威是北京大学东方语言学系的林梅村教授。他多次来巴音郭楞考察,曾著有《沙海古卷》一书,翻译了楼兰出土的部分佉卢文文书。

《托忒蒙古文大藏经》

清乾隆三十六年(1771 年)土尔扈特、和硕特东归祖国,先后驻牧巴音郭楞。他们从伏尔加河带回蒙古胡都木文、藏文和汉文书写的佛经几十箱,其中以藏文《甘珠尔经》最为有名,但残缺不全,少函缺页。1888 年,黄庙落成,蒙古、西藏和焉耆的各喇嘛庙,赠送蒙古胡都木文、藏文《甘珠尔经》计 100 余部,45000 页,全书不连贯,虽可独立成章,但无法成册。

民国二十年(1931 年)生钦五世活佛多布栋组织《甘珠尔经》托忒蒙古文的翻译工作。因《甘珠尔经》卷轶浩繁,翻译工作艰巨,又加之次年生钦活佛被害,160 多人仅完成翻译工作的 1/3。但是翻译的《甘珠尔经》质量较高,书册类目页连贯,符合原作语意,内容和形式较有特色。

蒙古胡都木文《大藏经》由《甘珠尔》、《丹珠尔》两部分组成,均为贝叶本。《甘珠尔》108 函,41500 页;《丹珠尔》226 函,约 258500 页,共 334 函 30 余万页。《甘珠尔经》的蒙古胡都木文翻译,从 13 世纪开始,经过将近 400 年,于 1624 年由林丹汗完成。清朝统一中国后,康熙年间组织蒙、藏、满、汉各族学者重新审定蒙古胡都木文《甘珠尔经》,并木刻出版。到乾隆年间,由于清政府有了较雄厚的物质基础,组织国内 400 多名各族学者,耗费大量人力、物力,将藏文《丹珠尔》也译成蒙古文胡都木文,并木刻出版。1840 年鸦片战争后由于帝国主义的掠夺,后又经北洋军阀和国民党的统治,大批佛教经典遭受严重破坏和损失。目前蒙古胡都木文《丹珠尔》中国仅存两套,一套存于内蒙古图书馆,残缺不全,一套存于内蒙古社会科学院图书馆,缺 42 函。蒙古托忒文《甘珠尔经》的 1/3 部目前是中国仅有的,十分珍贵,可谓国家的无价之宝,现藏于巴音郭楞的黄庙。

汉文简牍

在楼兰出土的汉文文书中,只有斯文·赫定公布了他在罗布泊地区考察时收购和挖掘的 277 件。斯坦因也只是公布了他第二次和第三次考察楼兰时盗掘的 349 件。其次是大谷探险队的 44 件文书,这还是 1945 年日本投降时,日本侵略者一时没来得及在大连带走,被中国人民缴获的。其余各国从未公布他们盗掘的楼兰宝贵文物有多少。

从公布的三种汉文简牍看，主要是魏晋时期西域长史府统治西域进行屯戍活动的官方文书。其次是中原和西域各地公私来往书信，内容相当广泛。斯文·赫定手中的文书先是委托德国学者希姆莱进行研究。希姆莱谢世后，交与另一德国学者孔好古研究完成，并于1920年发表《斯文·赫定在楼兰发现的汉文文书及零星物品》一书，将这批文书公诸于世。斯坦因第二次盗掘的汉文文书委托法国学者沙畹研究，1913年沙畹发表《第二次中亚考察所获汉文文书的考释——斯坦因在东土耳其斯坦沙漠发现的汉文文书》。1917年沙畹去世，第三次中亚探险所获汉文文书的研究改由他的学生马伯乐继续进行。马伯乐于1953年发表《斯坦因第三次中亚考察所获汉文文书》，其中楼兰文书较多。1915年大谷探险队发表《西域考古图谱》，公布了大谷探险队挖掘楼兰所获汉文文书的图版及部分释文。

中国学者王国维、罗振玉对楼兰系列的全部汉文简牍进行了考证和研究。他们于1914年合著了《流沙坠简》一书，“李伯文书出于海头说”就发表在此书中。王国维还写了一系列有关论文收录在1931年《王国维遗书》一书中。中国著名的古文字学者张风对部分发表的楼兰研究论文和著录进行了考证，于1931年写出了《汉晋西陲木简》一书。并刊沙畹、马伯乐整理的文书，还发表了他们书中从未发表的原简牍图片。

《魂系东归路》

《魂系东归路》系巴音郭楞蒙古自治州文工团1989年创作的五幕历史歌舞剧，集体制作，执笔顾大为。1989年第二届中国艺术节获创作最佳奖，演出最佳奖。

1771年，在伏尔加河两岸游牧生息了一百四十多年的蒙古族土尔扈特部落及和硕特部落的牧民，在英雄渥巴锡汗的率领下，义举东归，进行了人类历史上最后一次也是最艰苦的一次民族大迁徙。第一幕：1771年1月4日下午伏尔加河畔土尔扈特汗宫前，由于沙皇俄国对土尔扈特长期压榨歧视，迫使土尔扈特汗王渥巴锡作出向着自由、向着故乡、回到太阳升起的祖国去这一决定。蒙古族青年阿思根与俄罗斯少女芙丽娅是一对热恋的情人，生活和命运把他们紧紧连接在一起，东归的决定使他们面临人生的抉择。第二幕：同日晚上，俄军要塞司令比尔洛夫为女儿芙丽娅举办生日舞会，女儿却迟迟未归，相依为命的父女之情使比尔洛夫十分痛苦。土尔扈特骑兵队长苏尔尕酒后来到比尔洛夫家中泄露东归的机密，比尔洛夫调兵堵截，芙丽娅欲报信救亲人脱险，遭父亲囚禁。第三幕：元月5日，东归途中，苏尔尕为达到阻止东归罪恶目的，反诬阿思根是出卖东归机密的奸细。渥巴锡误中比尔洛夫网开一面的奸计，率部向粤琴峡谷转移。第四幕：数日后，粤琴峡谷，土尔扈特部遭俄军伏击，损失惨重，疾病、沙漠、严寒威胁着人们的生命，关键时刻芙丽娅和老仆人冲破重围，为土尔扈特人指明了一条突围的路。渥巴锡辨明忠奸，亲自主持了芙丽娅和阿思根的婚礼。第五幕：数月后，土尔盖河畔，比尔洛夫不甘失败在土尔盖河畔设最后一道防线，阿思根为掩护大队人马过河，被比尔洛夫枪击身亡，芙丽娅为救阿思根亦被其父误杀，比尔洛夫绝望之余开枪自杀。

全剧歌曲明快嘹亮，以蒙古西部曲调为基调，加了许多半音阶，高音程，使剧情增加了一种悲壮感。舞蹈动作结构严密，造型合理，繁而不乱，在统一整体中又富于变化，使人一目了然。气氛神秘热烈，创造了一种英雄的悲壮美。灯光设计使剧中人物突出，在变幻的灯光中生动精彩地深化了人的神情塑造，具有戏剧高潮的效果。服装设计趋于合理，展现了族别、时别、国别的别具一格的细密精制。对人物形象的塑造使故事主题得到了深化，展现了服饰美的功底。布景设计，高耸重叠的楼阁、回廊高大的宫殿、不同种类的花草、起伏的山峦，使人与物之间达到了和谐的统一，使画面增加了历史的真实感和戏剧的空间感，为中国戏剧史研究家所推崇。

吐蕃文书

楼兰的吐蕃文书出自米兰吐蕃古城。其城在米兰北面，南北宽 56 米，东西长约 70 米，呈不规则正方形。城四角有望楼，城堡中间有一块低凹地，北部有一阶梯大土坡。自低凹处至城堡北土坡盖有小屋，屋为平顶，依地势高低成附梯形。其中的吐蕃文书就是在这个小屋发现的。有人认为这些文书是买来的，有人认为是挖掘来的。史家普遍认为，这些吐蕃文书的内容是十分可信的。共有三件比较清晰，文如下：

1.“藏文喜饶集 8 部，汉文集子部，共 600 册全已抄好。”

2.“汉文集子 3 部，藏文集子部须口粮 470（斤），工资 60 余（斤），纸墨另外。”

3.“猪年，对小罗布军帐的大尚论，论帕桑来文之答复：

一个吐阿骨赞地区的人从前为平民时，叫吴塘萨琼，加入盟会后取名叫杨祖察布。

从此人那里雇了一个自报名叫波冲的仆人。此人来自唐人家族，其署名为汉人吴再，大约 50 岁，自从旧日一支军队到此，班弟一直受到俄塞的庇护，曾在后者处帮佣。今年，俄塞答应一个条件，价值 8 条红立即全交给班弟。依据此契约，而在俄塞的役使下的吴再，涉入了一场法律纠纷，失败后逃至这边之后，一封来信要求班弟对纠纷负责，立即安排交出一个同样有能力的人，代替原先契约所涉之人，假设班弟未来，安排其保人根据信的要求，送到契约所涉的全部东西。”

另一面签印为：“论答蔡，节几论。塔塔赞，论，巴桑波，多节，论，格热塔布赞，营回吏塔桑达贝，东本多贡等。及班弟，保人的签印（手印），反面：签印。”

这些米兰出土的吐蕃文书汉译文，原文为写卷（fol：80；30.5×9 厘米），楷书 4 行，字迹工整，红色铅印六七枚。从中可以看出当时汉人和吐蕃人文化交流的紧密性，以及当时吐蕃统治奴隶制度的落后性。

《巴音郭楞风物志》

《巴音郭楞风物志》主编马大正，编辑组长冯志明、巴代，由中国科学院和中国社会科学院组织编写，云南人民出版社出版。《巴音郭楞风物志》是巴音郭楞蒙古自治州有史以来一部综合性科学文化读物，它以丰富详实的资料，全面系统地反映了巴州各项事业的状况，全方位、动态记录了巴州的发展进程，整理收集了大量的巴州风土人情、历史状况和文化艺术资料等，成为来巴州旅游、投资、打工者了解巴州、熟悉巴州的参谋和向导，成为国家和各行各业制订规划，加强管理，把握宏观，掌握微观的工具书和参考书。它的出版有利于让世界了解巴州，让巴州走向世界，有助于巴州各族人民更加热爱自己美好而神奇的家园。

《巴音郭楞民间歌谣选集》

《巴音郭楞民间歌谣选集》是 1985 年 4~10 月，巴州文学工作者协会搜集的一部民歌集。有蒙古族、维吾尔族、回族、哈萨克族民歌 750 首。文联部门为了抢救这些宝贵的文化遗产，组织巴音郭楞的民间文艺工作者，下乡上山走草原，收集了大量民歌进行整理、编选，从而推动了群众民歌演唱活动和民歌的研究，丰富了巴音郭楞各族人民的文化生活，并为其创作提供了源泉。

这些搜集的民歌题材广泛、内容清新。有劳动民歌、生活民歌、爱情民歌、儿童民歌、历史传说民歌、时代民歌、结婚祭祀仪式民歌、风俗民歌、风情民歌等。从民歌的体例来说，有二音到四音民歌、五音民歌、七音民歌、多音民歌、长调民歌，词、曲子和长短句。这些民歌都能弹琴歌唱，唱着起舞，舞着能够接唱，具有广泛的人民艺术根基，很受各族人民欢迎。

这些民歌往往即兴开头，比探路，赋铺陈，活泼自然，触景生情而又情不自禁地脱口而出，反映巴音郭楞人民对答如流的天才。这些民歌大都有和谐的音乐美，往往有单字的重叠反复，词的重叠反复，句的重叠反复，段落的重叠反复。这些反复并非可有可无，而是非有不可，是根据主题思想的需要，也是音乐感、节奏感的需要。如回族民歌：

开都河水甜又甜
一喝甜到心尖尖
河水原来是哥哥呀
流到妹心怎不甜

全歌唱了 4 个“甜”字，反复咏叹，引人入胜，耐人寻味，真正进入了一个甜的世界。再如一首蒙古族民歌：

弯弯的小溪
弯弯的牛笛
弯弯的月儿下
我吹出一首弯弯的小曲

变化多端，形式多样，烘托了场景，增强了“弯”字，叠用和反复，起到了形声状貌作用。又如一首维吾尔族民歌：

我苦恼，又愁断衷肠，
走到哪里，也愁断衷肠。
站在那圆形的土坡上，
我呼唤，且末在何方？

触景生情，有感而发，表现了强列的思想感情，其思维过程从内到外，由此及彼，用重叠的词句，反映了失去恋人的青年对爱人、对故乡最深切的怀念。

《巴音郭楞蒙古自治州志》

《巴音郭楞蒙古自治州志》主编金向宏，编辑顾问吴林旭、陈连和，编纂委员会主任党金、赛尔杰。当代中国出版社 1994 年 7 月出版。

这是巴音郭楞有史以来第一部州志，编写历时 10 年，组织近千人搜集资料 3.2 亿字，撰写成 1200 万字的初稿。再经过反复筛选、论证、修改，定稿 350 多万字，分属 60 卷。分为建置沿革，自然地理，三大国家自然保护区，民族宗教，工、农、林、牧、商生产，交通邮电，水利电力，城乡建设，环境保护，金融旅游，科学技术，工商管理，民政司法，劳动人事，文化教育，广播电视，新闻出版，卫生体育等内容，堪称巴音郭楞的百科全书。

全书以巨大的信息容量，集中表现了巴音郭楞各族人民勤劳勇敢的风貌，记述了巴音郭楞独特的自然地理概貌，丰富的矿产资源和浓郁的风土人情，显现了三大自然保护区神奇迷人的自然景色，展示了丝绸之路、楼兰古国的风貌和各族人民五千年来共同创造的灿烂的文化和辉煌的历史。

《土尔扈特部落史》

1999年中国当代出版社出版。该书是中国第一部民族部落史，系统地介绍了中国蒙古族土尔扈特部落的政治、经济、社会的发展，从历史角度介绍了土尔扈特部落的民族特点和民族风貌，重点叙述了土尔扈特蒙古西迁而又东归祖国的悲壮史诗。

全书采取编年史集成的方法，叙述土尔扈特的来源，名称涵义，印记系谱，早期的历史和牧地、社会经济。又写了土尔扈特部落在元代的勃兴，明代的发展，土尔扈特部落在伏尔加河畔草原与沙皇俄国高压政策的奋斗搏杀，以及民族自我改革。以真实系统的史料考证了土尔扈特部落在伏尔加河畔生活了 140 年后，16 万余人英勇地东返祖国，途中打退了敌人无数次围追堵截，战胜了疾病、沙漠、沼泽，行程万余里，仅余 6 万余人，终归故乡受到全国人民欢迎和救援。全书还介绍了土尔扈特部落在国内和国外的分布情况。后两章以事类编的方法介绍了土尔扈特的哲学思想、宗教信仰、语言文字、文学艺术、天文历法、医药卫生、衣食住行、家庭婚丧、节日祭祀、娱乐活动、风俗习惯。全书文笔畅达，言简意赅，语言平实见雅，别具一格，在中国学术界引起重大反响。《人民日报》，《光明日报》，《解放军报》，中央电视台一台、二台、四台做了专门介绍，美、英、法、德、日等中外300多家新闻媒体予以报道。

沙吾尔登歌舞集会

巴音郭楞蒙古族比较流行的一种歌舞集会。沙吾尔登是蒙古语“拨弦”之意。指随着托布秀尔琴拨弦动作而起舞的一种自由奔放的舞蹈。

沙吾尔登舞规模宏大，表现场面广阔，人数众多，以托布秀尔演奏曲目为伴奏。全舞12个曲目，几乎每一个曲目都是一个美妙的故事。有模仿牛马驼鹿的，有模仿狼虫虎豹的，有模仿鹰隼鹗的，有模仿花草树木的，有模仿山川流水的，有模仿汗王平民的，有模仿天父地母的，是古代人类社会全景再现的舞蹈造型，揭示了人类发展的历程。

巴音郭楞的沙吾尔登民间舞蹈动作技巧表现在以下几方面：

1.抖手：正抖手、反抖手、抖四指、抖二指；

2.抖腕：弯抖腕、提抖腕、推抖腕、拉抖腕；

3.抖肩：耸抖肩、削抖肩、正抖肩、反抖肩；

4.抖臂：推抖臂、绕抖臂、提抖臂、托抖臂；

5.步法：踏步、挪步、碾步、蹲步、点步。

男女老幼随着悠扬的琴声，都可以尽情地跳，并没有太多的规则。有时可以根据曲子的快慢自由地跳，表现了这种舞蹈的自由、奔放和随意性。曲子有快慢之分：

快：吐尔根沙吾尔登，吐尔根是蒙古语“快”的意思，它是表现鹰姿的一种舞蹈，表现了鹰凌空高飞的豪迈、欢快、奔放的感情。只见鹰猛烈地俯冲，以它刚劲有力的铁爪，粗犷矫健地和狼虫虎豹搏斗。这一舞蹈是一人先跳，然后对舞、群舞，每个舞者各施舞技，表现鹰群的集体主义精神，最后鹰群终于取得胜利。男女均可以跳，而女子跳的舞往往温雅优美，表现了一种智者的战斗风格。这种舞更像一种男子汉舞蹈，表现了威武的神韵。

慢：阿君穆沙吾尔登，“阿君穆”蒙古语是“慢”的意思，是表现鸟姿的一种舞蹈。舞蹈者表情文静、羞涩，含而不露，形体柔软高雅、自然，模仿鸟儿愉快飞翔，轻松地歌唱。手腕、背、肩、臂的动作大，下身的动作小，多为踏步后点步，一般为蒙古族少女所跳。可以传手，可以拿筷子，可以顶碗，它属于一种女子舞蹈。

这些舞蹈古朴而美丽，畅快而风趣，观之可得到美的享受，美的节奏，美的生活。它不仅是广大蒙古族喜闻乐见的舞蹈形式，也是各族人民举行歌舞集会的瑰宝。

麦西来甫

麦西来甫是维吾尔语 “欢乐的广场歌舞” 之意。它是维吾尔族人在重大的节庆活动举行的一种娱乐歌舞集会；是重大节庆活动的议程之一。届时无论城市和乡村的广场上，都要欢歌笑语，热闹非凡地举行这种舞蹈集会。

麦西来甫歌舞集会的主要内容有：撒那、赛乃姆、刀朗赛乃姆三种歌舞。撒那是维吾尔语“男子歌舞”之意，赛乃姆是“女子歌舞”之意，刀朗赛乃姆即“男女混合歌舞”之意。撒那歌舞是古老淳朴的男舞，在雄浑有力的鼓乐伴奏下，头戴形态色彩各异的花帽、缠头、毡帽、皮帽，身着绿花短衫和长外衣（袷袢），脚蹬牛皮靴的男子，手拉手围成大圈、小圈，跳着他们最喜爱的大型集体舞。腰部红、绿、橙三角围巾有规律、有节奏地摆动，两颗活灵活现的眼珠子顾盼流连而调皮地望着女伴，两手有节奏地摆动，脚不停地舞来转去，口中发出嗯嗯之声助兴，手指叭叭地打着响指，使舞蹈达到一个又一个的高潮。

赛乃姆是优美抒情的女舞。维吾尔族女性头戴图案鲜艳的绣花帽，身穿染工精细的艾德来丝裙和丝绒短坎肩，佩戴晶莹闪光的头饰、耳坠、手镯、戒指，娴熟自如地随着节奏多变的曲调轻歌曼舞，妇女们的脖颈搓动优美，舞姿造型丰富多彩，在明快的节奏中，一阵阵歌声、笑声、舞步声按照音乐的节奏不断地变化。她们两手举过头顶，打着响指，两脚轻盈自如，踏着响鼓，辫子和裙子在人群间飘飘飞旋，显示了维吾尔族妇女的慈爱、温情、高雅和美丽。

刀朗赛乃姆。大型的男女双人舞和男女群舞，热烈奔放，具有鲜明的民族风格。各式各样的旋转和跳跃，使人联想到古代盛行的 “胡旋舞”和“胡腾舞”，在达甫、热瓦甫、手鼓、库木孜琴的伴奏下，男女老少均转圆圈，急速地旋转起舞，使人目不暇接。

与此相应的，广场四周设有各式风味小吃与瓜果。诸如烤羊肉串、烤包子、烤馕、炸馓子、炸果子、冷面、凉粉、凉皮子、杏桃、石榴、葡萄、香梨等，专供参加节庆活动的人们享用。

花儿会

花儿会是巴音郭楞回族一种传统的赛歌集会活动，每年的农历四月二十八日举行。焉耆的回民是清代以后从西北各省区迁徙来的，与内地回民交往密切，因此不同类型的回民花儿在巴音郭楞互为流行，比较集中而又形成主流的是河湟花儿。

巴音郭楞的花儿取材广泛，内容丰富，模仿性强，演唱者往往触景生情，不断依令调填词。一种令调，甲这样唱，乙那样唱，内容各异。一种歌词，甲用这一令调唱，乙又用另一令调唱，只是在衬字、衬句上依时依事，依演唱者的习惯加以变换。所以有的花儿出现了变型、变调，时有新的创造，这也是比较自然的事。

焉耆的花儿会，流传着一个美丽的故事。相传天宫的仙女金萧和玉萧，能歌善舞，有一年的四月二十八日走出天宫，巡视人间美景，想找一处讴歌寄情之地。谁知人间江山一处胜似一处美，不知何处落脚歌舞为好。正为难时，突然从西王母洗浴的美丽人间瑶池博斯腾湖畔看见湖中碧波荡漾，山下溪水叮当唱响，沿湖百花争艳，百鸟歌欢。她们被这奇异的湖景所陶醉，不由得放声歌唱起来。歌声响彻云霄，回荡在天山昆仑山之中。湖畔有英俊魁梧的回族放羊娃马明听到歌声，四处张望，不见人影。于是一面寻找，一面随之学歌。后来看见湖中飘渺有两个穿红着绿的姑娘，方知是金玉二萧仙女下凡。马明将四月二十八日仙女所唱之歌传授给众人，每逢这一天，焉耆、乌什塔拉、和静、库尔勒、轮台的各族人民都来博斯腾湖畔畅怀游乐，观看回族的花儿会。

摄影：晏先

6 风味特产

摄影：杨洪

摄影：杨洪

库尔勒香梨

库尔勒香梨栽培历史悠久，晋代吴钧所著的《西京杂记》称："有瀚海梨，出瀚海地，耐而不枯。"据此推算库尔勒香梨已有1400年的历史。《大唐西域记》称："阿耆尼国（今焉耆）土宜糜、麦、香枣、葡萄、梨、柰诸果。"这表明当时的库尔勒已经普遍种植梨了。清光绪三年（1877年）诗人萧雄在《西疆杂述诗》中写道："果树成林万果垂，瑶池分种最相宜，焉耆城外梨千树，不让哀家独擅奇。"他称赞库尔勒香梨可与中国历史上最负盛名的梨相比。

新疆人有句俗话，吐鲁番的葡萄哈密的瓜，库尔勒的香梨焉耆的马。是说库尔勒香梨皮薄肉丰，吃而无渣，甜而醇正，入口消融。库尔勒香梨，外形如纺锤，果皮黄红绿，果味香浓，肉酥爽喉，果脆润口，清甜多汁，含糖、氨基酸、维生素、各种碳水化合物达14%，水汁为86%。库尔勒香梨由于品质极优，1924年法国万国博览会1432种梨评选中仅次于法国白梨被评为银奖，有世界梨后之称，在全国多次品评梨果中名列前茅。1957年全国梨业生产会议上被评为第一名，1985年又被评为全国优质水果。

库尔勒香梨不但品质极优，而且极易栽培种植，一般的荒地灌水压碱整理后，当年即可种植。现在库尔勒地区香梨种植面积已由新中国成立时的33公顷，亩产77斤，发展到1万公顷，亩产944斤，而且岁岁丰产，总产量已达到15万吨，远销北京、上海、香港、美国、日本、西欧等地，成为巴音郭楞出口创汇的拳头产品。

库尔勒香梨不仅产量不断增加，而且经过科研人员多年努力，外形已大小适中，梨形外美，梨核更趋小型化，果肉逐年增色。俗有公梨、母梨之分，公梨下部突出，梨肉减少；母梨下部旋圆，梨肉较多。一般人们爱吃母梨。科研人员经过改进，全部梨形和果肉都趋向母梨化发展。过去香梨种植有大年、小年之分，大年丰收，而小年亩产几十斤，甚至一果未收也是常事。现在经过园艺师几十年的更新换代，香梨已年年丰收，已无大年、小年之分。

过去香梨树常有百年之树小果、弱果，而且树木中间干枯成灰。现在科研人员让梨树成活八十年左右就自然淘汰，使壮树永远结美果。过去果农用草藏土埋储藏法，虽可吃到来年5月，但已无鲜梨之味。现在用窖藏法、气藏法，供应鲜果一年四季。1987年巴音郭楞的沙依东园艺场被定为国家优质香梨生产基地和出口生产基地。

摄影：杨洪

摄影：杨洪

轮台白杏

轮台生产400多种水果，32种杏，其中最有名的要数轮台白杏。轮台白杏又分5个品种，除苦仁白杏外，其他4种白杏可说是杏中奇珍。其果皮黄白色，壳滑无毛，肉质细嫩，味极甘甜，溢香多汁。单重12克以上，果肉离核，仁甜而芳香，晾晒成干果为小白杏干，单重约6克，肉软甘甜。

据化验分析，轮台小白杏内含水53%，其余为氨基酸、维生素、糖分、各种消化酶等11种对人体有益的化学成分，营养价值比鱼高两倍，对减肥美容、肠结便秘、动脉硬化、神经衰弱有一定疗效。其仁含植物油达36%，蛋白质24%，淀粉8%，各种氨基酸、消化酶、杏仁甙16种微量元素，其营养价值相当于羊肉的3倍，对小儿营养不良、消化不良、肠胃病、肝炎、肾炎有一定疗效，对高血压、气管炎、神经衰弱、皮肤过敏、小儿佝偻病、糖尿病、儿童癫痫、流行性感冒有特殊的疗效。

轮台白杏种植历史悠久。《大唐西域记》中记“有葡萄、石榴、梨、李、桃、杏……”，清光绪三十四年（1908年）编纂的《轮台乡土志》记载：“杏、桃、榆、杨、葡萄、沙果、沙枣”等11种水果民间随处种植，均为常产。

轮台白杏主要分布在轮台县的野云沟、策大雅、阳霞和布古尔4块绿洲之中，大多数果树种植在地势高，地下水位低，灌溉方便的土地上。虽然轮台4乡果农对全县其他水果偏爱不同，例如策大雅的爱种桃、布古尔的爱种梨、野云沟的爱种枣，但全县农民对轮台白杏情有独钟，全都爱种。因它易栽易种，易活易管理。目前在新疆各县市引种居多，甚至全国各地引种，但别地引种多有变味变种，品质退化。真是一方水土养一方杏了。

轮台白杏现亩产一般为500千克左右，轮台将其作为特种拳头产品准备扩种至3000多公顷以上。6月之后，果实成熟，再在杏园内种植豆、苜蓿，以提高土地肥力，使白杏种植良性循环，质量更加提纯复壮，产量有一个大幅度递增，以供世人品尝。

和静苹果

苹果在汉朝以前就在巴音郭楞种植了。《大唐西域记》所称阿耆尼国出产的柰就是苹果。巴音郭楞种植苹果面积仅次于香梨，居第二位，尤其是焉耆盆地四县栽种的苹果是各类果树之首。和静县则是龙头产业树种，无论在质量上和品种上都享誉国内外。和静县栽培各类苹果达 300 多个品种，不仅有古老的苹果柰、绵苹果，美、日、韩、俄、英、法、德等国的苹果品种，还有山东、吉林、黑龙江、辽宁、陕西、甘肃等十几个省的苹果品种。1974 年新疆维吾尔自治区水果生产会上，和静县的小国光苹果被评为全疆第一名。1989 年和静县的的红星苹果、金冠苹果、冬青苹果、大国光苹果四种苹果被评为自治区优质果品。1989 年底，和静县的小国光苹果又被评为全国优质果品。

和静县地处焉耆盆地西北缘，地势较高，开都河流经此地，地下水位高，加之焉耆盆地日照时间长，昼夜温差大。干旱少雨的自然条件，为和静苹果创造了一种天时地利的特别生长环境。所产苹果果味脆甜，果色美丽。黄元帅金灿灿，红富士红扑扑，青香蕉绿莹莹，紫古绵紫闪闪，夏力蒙、冬力蒙、秋力蒙橘澄澄。经专家多次考证和化学测定分析，和静的苹果氨基酸、维生素、碳水化合物和各种微量元素占 29%，蛋白质占 10%，淀粉占 9%，水分占 52%。树势生长健壮旺盛，产果量大。其果品优于全疆乃至全国的同一品种。

新中国成立不久，和静人民就注重开发和静苹果基地。1984 年，国家在和静县实施苹果基地星火计划，新疆八一农学院、新疆塔里木农业大学、四川达县农业局、河北省梨果树研究所、郑州果树研究所的专家学者在和静县多家乡场，种植栽培、嫁接授粉红富士、红星苹果，都获得了成功。1994 年亩产达 666 千克，所产的各种苹果，如红富士、红星、金冠、祝元、秦冠等供不应求，深受各族人民欢迎。现在全国有多家果品科研单位在此进行开发，将栽培更多优良果品输送到全国各地。

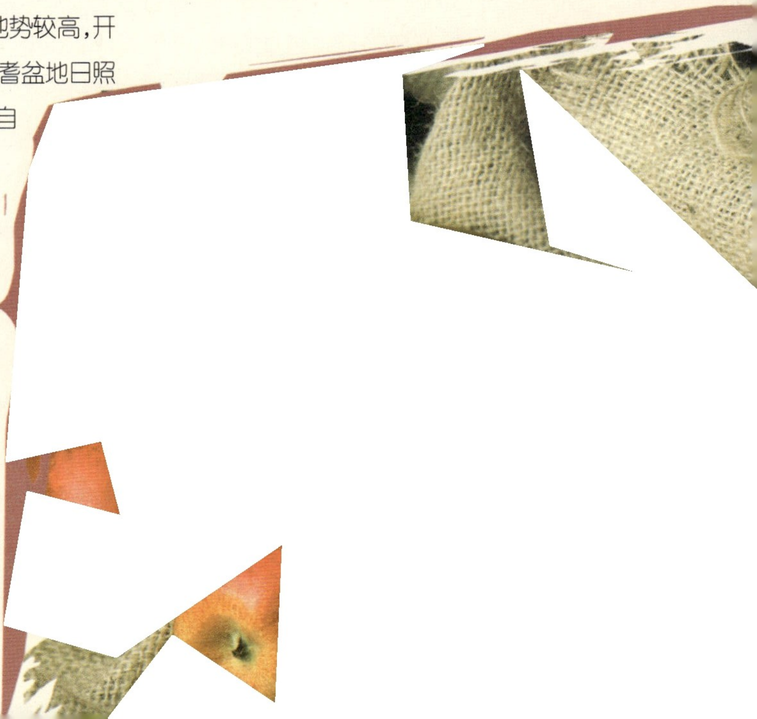

若羌红枣

枣树被若羌各族人民视为一种神圣的树，孕妇吃了若羌红枣能补气顺产，产妇吃了能养血催奶，老年人吃了止咳，小孩吃了强身。老辈子的若羌人还有把它当供品祭枣树的习俗。

若羌家家种有红枣树，若羌有谚语“进屋敬父母，出外敬枣树”。民间传说，有一位青年好吃懒做，早已超过了当婚的年纪，还没娶上老婆，因为没有哪个姑娘愿意跟懒汉过一辈子。有一天，他突发奇想，要出外闯荡找媳妇。走出瓦石峡不久就迷了路。走了3天，还是一片沙漠，真是又渴又饿，死神在向他招手。第四天，他改变了方向，仅走了半天，出现了一棵枣树，他吃了几棵未熟的枣，在枣树下睡了一觉。枣树问他：“前边有一个人，父母双亡，无力埋葬，该怎么办？”经过了这次劫难，他天良萌生美好，醒来后直奔前方。看见一个个子稍矮的男青年痛哭不已，父母得急病死了。小伙子抖掉了自己一身懒肉，下了把力，帮助男青年埋葬了其父母。没料想男青年摘掉了头上的帽子，竟是个姑娘。姑娘看他是个好人，就执意要嫁给他。他又到枣树下睡了一觉，得到启示：“这里田青水秀，是个好地方，你自己拿主意。”于是他就和姑娘结为夫妻，两人勤奋耕田，开出了一片绿洲。这就是美丽无比的若羌。

若羌红枣树说它神奇，也确有它的神奇之处。所有树还在春日睡懒觉时，红枣树就第一个长出嫩绿的叶芽，开出嫩黄的小花。等到别的树抽叶开花时，它已经是枣满枝头。它是若羌最早迎接春天的树。

它长得高大，虽不怎么直，但枝干结实。大枝只有两三枝，小枝却有几十枝。叶虽小而稀疏，但每叶根间必花必果，有的还是1叶几果。叶子闪着深绿的光，叶片长为1厘米，宽半厘米，肥硕且厚，有两毫米以上。1根叶柄上长着13~15片叶，叶为椭圆，一掐出水。如果人被蚊虫咬了痛痒难耐，摘片枣叶搓几下就缓解了。民间偏方中，若羌枣叶有药用功能，但至今未见相关科学报道。若羌红枣树的根扎得特别深，有七八米长，几十根小根交叉生长，须根有深扎几十米的，为它们生存打下了强有力的基础。枣树生长5年可结果，树龄大多百年以上，木质坚硬，是做高档家具的优质材料。木工的刨柄、锯柄、斧柄均用它做材料。做家具，满屋清香，使你有早醒履勤的好习俗。

若羌红枣个大美观，有乒乓球那么大，椭圆形，其红绿闪亮，晒干为深红，才下果时肉脆甘甜，晒干后肉软甜润，吃后余香满口。每100克红枣含钙100毫克、维生素31毫克、可溶性果糖74.88%，各种微量元素、氨基酸537毫克，中药为药引子。

若羌县降水稀少，光热源丰富，无霜期长，昼夜温差大，特别适合红枣的生长。若羌红枣是新疆的名牌产品，全县已种50余万株，大部分在沟渠地头院落，折合万余亩。

博斯腾湖的野蘑菇

如果用食谱把博斯腾湖的风味特产排列，呈现在我们面前的野蘑菇是一种让人嘴馋、专门造就高勺名厨、浪漫而又真实的博斯腾湖美味美景。

博斯腾湖的野蘑菇是巴音郭楞的又一名产，它一般生长于湖畔、芦滩、湖洲岛。

博斯腾湖的野蘑菇有十余种，其中最有名的有野白蘑、野紫蘑、野胖蘑、野雷蘑、野狍蘑5种，为大型蘑菇。最大的可达2千克，长于湖畔、湖岛，人们把最大的野紫菇称为牛头蘑。还有几种有名的小蘑，有杏子大小，长在芦苇滩地。由于和芦苇竞争营养成分，长得娇小纤细，但也依然菇香味美。比较著名的小蘑有野马蘑、野鳞蘑、野蛇蘑、野丁蘑、野鸡蘑等。

野蘑菇生长在湿地沼泽，往往洪水退后，大雨停后，湖水凋后，露出漫滩湖岛岸畔，从地上凸出无数的土包，那就是一群大蘑菇。

博斯腾湖的野蘑菇选择的土壤，一是腐殖土，二是黑土，三是畜牧土。所谓的畜牧土就是冬天牧民放牧后留下的羊圈、牛栏、马棚、驼房的土地，经春天洪水浸泡，洪水退后，往往在此地一次就能收几吨好蘑菇，而且一年能捡十几茬。巴音郭楞人称捡蘑菇的人是捡金子的人，遇到一个好蘑菇圈，一年成个快步小康户是不成问题的。

一般小蘑菇生长地为沙土、盐碱土、漫滩。

采摘博斯腾湖野蘑菇也是有讲究的。采时不能用手拔，那会损坏伞冠和百叶。采摘时要扒开土，一直扒到根部，用手掌从根部插进托出。采摘的时间更讲究，一般雨后、洪水后三四小时，河滩、河畔、湖洲岛因是沙土，水已渗完，地即干爽，此时采摘蘑菇最为鲜嫩。十几小时后去采摘，蘑菇已熟，味道尚美放香。两天后去拾，蘑菇已老，虽有美味，但无香嫩。5天以上蘑菇，已老而生虫，千疮百孔，虽美味犹存，但不能食。采拾蘑菇要选择最佳时机，机不可失。

一般野紫菇根长在5厘米左右，直径8厘米左右，茎长有15厘米，直径和根相同。茎上有伞冠。伞冠高5~7厘米，直径15~20厘米，上呈白色。伞冠下为蘑菇百叶，野紫蘑有叶片40~70片不等，百叶呈紫黑色，百叶长3~5厘米，厚0.2~0.5毫米，附着在伞冠下。从根部到伞冠都是蘑肉，打开蘑菇，伞冠蘑肉为白色，茎和根为深灰色，几分钟后伞冠也成了紫色。

博斯腾湖野蘑菇全身都是宝，由有益于人类健康的食用菌、真菌、抗生素菌种组成，还有多种维生素、氨基酸、蛋白质、微量元素和碳水化合物。博斯腾湖的野蘑菇由于营养丰富，食用鲜美香嫩，无论做汤，还是炒菜，都是登大雅之堂的名贵菜肴。

孔雀河的蒲菖

蒲菖，别名香蒲、菖蒲、蒲棒、蒲草、毛拉、罗蒲、罗布等，它遍生于巴音郭楞的沼泽湿地，河湖塘湾，古时以罗布泊为最多。古人称罗布泊为蒲菖海。1972 年，罗布泊干涸后，现孔雀河两岸沼泽地生长最多，也有人称孔雀河为蒲草河。这种水草两千多年前就已生长在巴音郭楞。《汉书·西域传》就称“博斯腾湖为敦薨浦”，可见当时蒲菖之多。

蒲菖扎根泥中，根须 18~25 根，根长有十余米，短的也有三四米，粗 0.2~1 厘米不等。上端集成一个茎，直径有五六厘米，一层层的根叶包着所有的根。叶长 1~1.2 米，宽 0.8~1 厘米，厚 3~4 毫米。中间有叶柄，较硬实，叶正面中间有沟，背面中间稍凸。早春生发为浅绿，夏日深绿，秋冬棕黄，来春又发绿。主秆 1.5~1.8 米，直径 0.5~0.7 毫米。上部春日开黄花，开花时香传千里，所以人们称其为“香蒲”。花开八瓣浅黄，花蕊也为八瓣深黄。其花吃着香甜，无论熬汤、做菜、蒸馍放上一点，吃时就会甜香满口。花开之时，蜂采蝶吸。罗布人采食其花，既当做打牙祭的美味，又当做防身治病的良药。药理实验表明：蒲菖花有多种维生素、氨基酸和 14 种微量元素，另含有李甙鼠甙、蒲黄脂肪油等活性细胞。中医医理，其味甘平，有活血行淤、利尿补气、滋阴凉血、收敛固涩之功效。多用于治疗膀胱炎、妇科病、咳血、便血、呕血、外伤出血等。罗布人用来治疗感冒伤风、支气管炎等，但至今未见相关的科学报道。

蒲菖花落之后，结成蒲棒，有 11~18 厘米长，直径 5~8 厘米，通体发绿，仍然可食。罗布人用其熬汤喝。到了 11 月，蒲棒成熟，通体土黄，再不能食，却成为蒲绒。可装枕心，睡时柔软舒适，有凉脑、解热、催眠之功效。其茎和叶，冬日割下，可纺织蒲帘。古罗布人将此料帘挂于门窗，屋内可以保暖。现农民用来盖蔬菜大棚，保暖防晒是较好的辅料。造纸厂试验造纸，纤维长度达 4 厘米，专家认为是较好的造纸材料。

相传很久以前，阿塔胡可加汗看到部族有人得了血热瘟疫病，每天流鼻血，不久就倒地而亡。他为了挽救部族，决定人死众逃，躲避血热病。一天夜晚，他带领部族五千余人逃离了敦煌，来到了一片湖泽地区。而这时全部族人都得了血热病，就连他心爱的女儿喀布兰公主都没幸免。这时有一位尉犁之地的青年叫罗布，拿来了蒲菖花，医治好了阿塔胡可加汗部族人的血热病。阿塔胡可加汗为感谢罗布，将女儿嫁给了罗布，并将全部族的人叫来，将湖泽改名为罗布泊，将蒲菖花改为罗布花，将蒲菖改为罗布，将罗布的故乡尉犁改为罗布淖尔，将尉犁人称为罗布人。从此罗布人和罗布泊天下有名。

摄影：文焱

焉耆的啤酒花

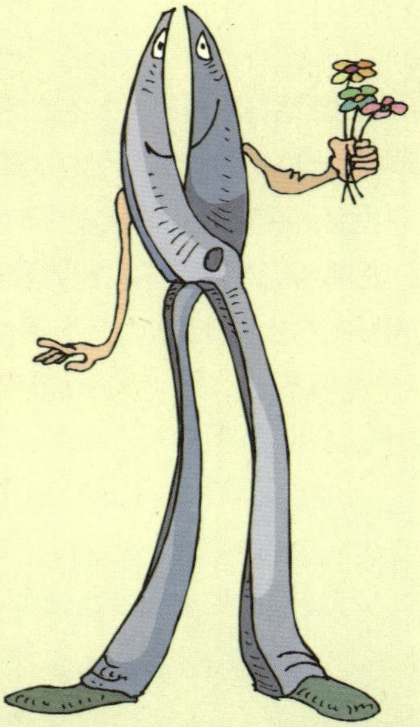

YANQI DE PIJIUHUA

啤酒花，日本人称为“唐花草”，意即“此花来源于中国”。在中国人民的俗称中叫“酵母花、蛇麻花”，意即“当发面酵头是极好的一味佐料”。此花人含在嘴里麻酥酥的，像蛇走过的一般，所以称蛇麻花。《本草纲目》记载：蛇麻花有生津止渴，镇静安神，利尿健胃之功效。可见几百年前中国民间已用其入药治病。啤酒花在植物学分类上为桑科大麻亚科，律草属。多年生宿根蔓茎缠绕草本植物。

1974年以来焉耆盆地引进啤酒花试种，一举成功，产品紧俏。1983 年种植达 260 多公顷，亩产 90 余千克，总产 360 余吨，占全国总产量的 6%。现总产已达 4000 多吨，占全国产量的 50%。

清朝末年，西欧以大麦、酒花酿制啤酒的方法传入中国，啤酒花才有了用武之地。据科学考证和化学分析，啤酒花的球果中除含有蛋白质、纤维素外，还有芳香油、苦树素、软树脂、单宁酸等成分，能产生特殊的香气和清爽的微苦味，又能防止啤酒沉浊变质，每酿制一吨啤酒需加入两千克啤酒花。啤酒花是啤酒的灵魂，没有它，啤酒就不成为啤酒了。啤酒花除用于酿酒外，还可为食品工业的酵母配曲，做出的面包等糕点，又大又暄又好吃，味道鲜美，不易霉坏。用啤酒花制药，对肺结核、淋巴结核有一定的疗效。

啤酒花特别适宜在焉耆种植，因它的特性是喜凉耐寒，需要充足的阳光和水分，雨涝灾害易使其招致病虫害。焉耆气候干燥，平均气温较低，日照时间长，日夜温差大，干旱少雨，高山雪水灌溉，为啤酒花在焉耆的生长创造了良好的地理环境。而且啤酒花容易成活，根深叶茂，生命旺盛，管理很容易，栽种一年可连续采收二十多年。种植啤酒花犹如给焉耆人民插上了金翅膀。

焉耆盆地所产的啤酒花，花体繁大，花粉众多，色泽鲜嫩，香味浓郁，油性强，杂质少，苦感正，酸别致，特别是啤酒花的主要成分酸含量之高，在世界上名列前茅，很受国内外市场青睐，已出口亚非欧美几十个国家。1 吨啤酒花就可换回 50 吨化肥和 20 吨小麦。焉耆已成为国家优质啤酒花的生产基地。

尉犁的长绒棉

摄影：晏先

巴音郭楞是中国最早种植棉花的地区之一，古代中国内地称棉花为“白叠，织贝”或“绩贝”，今日维吾尔族称棉花为“白合地”。新疆植棉的历史，一般认为不少于两千年。从近年出土的众多棉织物看，至少在三千八百年以前就种植棉花了。清嘉庆二十五年（1820年），清政府为了鼓励新疆农民种棉积极性，免除了棉花税（以当差抵顶）。当时种植的是由阿拉伯和波斯传入的生草棉，亩产仅十几斤。其棉铃小、成熟时铃壳开张不大，不便采收，品质也差，俗称鸡爪棉。

近年以尉犁县的棉田最多，总产量最高，而且尉犁县种植长绒棉也是一枝独秀。据1998年统计，无论单产、总产，植棉亩数都是最高的，单产平均达100千克以上，总产达一万多吨，棉田为一万公顷左右。棉花已成为尉犁和巴音郭楞的主要经济作物。

中国过去没有种植长绒棉的历史，1954年在云南、福建、广东、广西、新疆5省区试种，仅新疆试种成功。长绒棉棉桃小，炸口小，花难摘难剥。种植要求土质好，肥力高，各项物理指数要求高，棉体娇贵，成活率低，枝杈油条多，难于管理，掌握不好容易疯长或蕾铃大量脱落，一般农民不愿意种长绒棉。但是长绒棉一般纤维长度在35毫米，细度7000米/克，强度4.5克，可做特殊用途，是用作轮胎帘子线、导火线、塔线、降落伞和高档纺织品的重要原料。国际市场一件长绒棉衬衣在美国卖40美元，而陆地棉衬衣仅卖10美元。它不仅手感好，着感好，而且观感好，看上去比毛布、丝绸更为华丽高贵。中国的长绒棉除糖分稍高外，在国际市场上都是质量上乘的。近年科学家经过多年努力，糖分物理指标已经降至物理标准以下，成了国际市场的名牌，尤其是尉犁县的长绒棉质量多次获得免检声誉。国家为了鼓励棉农种植长绒棉，多次提高了长绒棉和陆地棉比价，有的年份长绒棉价格比陆地棉价格高一倍以上。尉犁县的棉农在长绒棉种植上舍得投入，注意科学种田。加之尉犁县地处塔克拉玛干沙漠边缘，日照充足，降水稀少，热量丰富，昼夜温差大，塔里木河、孔雀河两河汇聚此县，尉犁县也成为国家优质长绒棉的种植基地。

塔里木油田

塔里木盆地自古生界到新第三系已发现四五套生油岩，总厚 2000 米。储油岩具有多时代、多类型、厚度大、分布广的特点，油气储量类型多。中国地质科学家李四光在 20 世纪 30 年代末就创立了“沙漠富集石油”的理论，预言塔里木盆地是个大油田。

从 1952 年开始，中苏石油股份公司对塔里木盆地展开重磁力勘探，验证了李四光的理论，有油气显示。1958 年、1974 年、1986 年国家地质部、燃料工业部、石油工业部曾三进塔里木勘探石油，捷报频传。1989 年塔里木石油勘探开发指挥部在库尔勒成立，随之全国招标，先后集中 32 个物探作业队，45 个探井钻井队，7 个试油队，会集来自全国各地石油战线的3万职工，向塔里木盆地要石油天然气。

经过多年勘探，探明塔里木盆地有 6 个整装油气田，发现 20 个工业性含油气构造亿吨级整装油田，测定塔里木石油储量 250 亿吨，天然气储量 280 亿立方米。2006 年塔里木油田跃居中国第六大油田，年产原油达 800 万吨。

塔里木盆地少雨多风，气候干燥恶劣，号称“死亡之海”。石油职工克服了无数困难，组建了 27 个沙漠地震队。各队平均完成测线 791.3 千米，先后做了 19 条横穿沙漠的地震大剖面，发现了一批大型、特大型圈闭构造，地质勘探行程 1775 千米，采得各类标本 1.61 万块，重磁力勘探测线 4.23 万千米，航空磁力普查面积 30 万平方千米，测线长达 15.95 万千米，电法勘探测线 950 千米，地球物理化学勘探面积 1700 平方千米，遥感勘探面积 7984 平方千米。

塔里木油田探井成功率与世界主要地区成功率相比高 16 个百分点。每口探井控制油气地质储量比全国平均水平高 4.14 倍，每米深井控制油气地质储量为全国平均水平的 1.9 倍。每吨原油成本比全国平均水平低 20 元，边勘探边开发了轮南油田、桑塔木油田、解放渠油田、克拉克油田、东河塘油田、英买里油田共 6 大油田，接通了库尔勒—鄯善输油管道，开通了库尔勒—兰州铁路的石油专线，开辟了横穿塔克拉玛干的沙漠公路，2006 年完成了库尔勒—上海四千多千米西气东输工程。

摄影：杨洪

罗布泊钾盐

钾盐主要做钾肥，是重要的农肥资源，和固氮磷一样，是植物生长必需的元素。钾能促进农作物果实饱满，提高产量，还可使茎秆健壮，增强抵抗病虫害的能力。钾的氯化物、高氯酸盐和硝酸盐是炸药、火箭、航天燃料的重要成分，钾的硫酸盐和硝酸盐是制造玻璃和陶瓷的原料，钾的碳酸盐可供鞣制皮革用。钾在军事上和经济上的重要性引起国内外重视。中国每年进口钾盐高达 80%，罗布泊的钾盐初步探明 250 亿吨，占全国钾盐的 50%，如全部开采为中国所用，预计可用 50 万年。罗布泊钾盐可谓中国一大宝藏。

罗布泊洼地的钾盐资源富集有三大因素，一是干旱的气候，二是封闭的地形，三是几万年以来丰富的物质自然资源形成的。

钾是世界上分布最广的元素之一，在地壳中，钾的含量为 2.35%，仅次于铝、铁、钙和钠，自然界中含钾的矿物有 100 多种。钾所具有的物理化学特点是凝固点较低，结晶较晚，能长久地留在岩浆中。由于钾所具有的分离结晶的特点，被富集在岩石圈最上层，甚至比盐还要富集，因此钾在岩石圈的富集部位，为钾的迁移奠定了有利的条件。钾通过河流和暴雨带入罗布泊，成为罗布泊几十万年积存钾盐主要的来源。罗布泊钾盐大部分为天山花岗岩、正长岩、昆仑山片麻岩、帕米尔的石榴石、里长石，它们不仅含钾质量高，而且钾盐中还富含其他矿物，是航天工业、通讯工业的优质材料。

罗布泊封闭的地形有利于钾盐的富集。罗布泊西有塔克拉玛干大沙漠，南有库姆塔格沙漠，北有库鲁克沙漠，东有三垅沙丘陵。如此封闭的状态，为钾盐的积聚创造了有利的条件。

罗布泊处于塔里木东部，地处亚洲大陆腹地，距海洋遥远，来自海洋的湿润气候无法到达，气候极端干旱，年蒸发量高达 3000 毫米，而降雨不足 10 毫米，许多年份常年无雨。强烈的蒸发促使地表浅层水或潜水中盐分上升，积聚地表 10 米左右，极容易开采。每 10000 克土富含钾盐高达 3598.7 克，和其他地区钾盐相比，氯化钾含量高达 15 倍之多。

2000 年 10 月新疆成立了新疆罗布泊钾盐科技开发公司，公司有 7 家大型企业共同参加，体现了国营和民营企业优势组合，是资金、科研、勘探、开发实力强大的一家公司，前景十分广阔。

“和硕红”花岗岩

这座山，是花岗岩的森林，艺术石库的海洋。有的岩石骨气丰匀，有的气势浑厚，有的形态优美，有的挺拔遒劲。这就是著名的“和硕红”花岗岩的故乡——新疆和硕扎合布拉达山。

扎合布拉达山位于巴音郭楞北部，东经 87° 45′，北纬 41° 57′，主体由古生界沉积岩紧密的褶皱压制性断裂型组成。大量的华西力时期的花岗岩、闪长岩、超基岩贯穿其中，经历古生代加里东华西力各个时期的造山运动，于华西力晚期回返早期的形状。形成了侵入岩广泛的分布区，造成了天山地区的片麻状态花岗岩和片麻状态的闪长岩，使中性的闪长岩、坚硬的花岗岩、光亮的正长岩依次进入天山台地，形成地台固结期。又经过新生代第二次造山运动，台地形成了高山，同时也形成了磅礴大气、坚硬无比的花岗岩分布区。

和硕县的花岗岩是 1994 年经过科研人员反复勘查，专家学者多次进行可行性研究才开采的。先是从销售粗石料起步，产品定名为“马兰红”。由于和硕花岗岩质地坚硬，密度钢性，不易破碎，色泽鲜红，在中国大西北一炮走红，使和硕县的花岗岩石材业迅速崛起。1995 年更名为“通硕红”，产品迅速销往全国各地，在北京、上海及沿海地区建材市场上有较高的知名度；在福建泉州、广东云浮等石材市场上有一定的占有率。客商经过比较鉴别，认为“和硕红”花岗岩质地坚硬，明亮鲜活，具有玻璃光泽，颜色经久不变，光泽度高，看后赏心悦目。而且加工性能良好，物理指标优质，属于天然花岗岩优良品级。和市场上昂贵的“印度红”比较，还要高一个档次，一时在全国十分抢手。1996 年，最终定名“和硕红”花岗岩，目前在国际建材市场上是叫得响的名牌产品。

“和硕红”花岗岩资源储量大，有百亿立方米，易开采加工，品种花样深受中外客商青睐。1996 年起，已有广东、福建、四川、乌鲁木齐、库尔勒十几家企业投资开采，而且各厂生产的石材均有不同，有板材、块材、艺材。尤其是艺材，不仅可生产门窗材、立柱材、基座材、台阶材、火烧板材，而且还能生产雕模材、艺模材、蘑菇石材等。“和硕红”花岗岩年产值已达亿元，为国家上缴利税一千万元，解决就业人员三千余人。美丽的扎合布拉达形成了一座颇具规模的石材城。

罗布淖尔棉纱

神秘的巴音郭楞流传着一个美丽的故事。相传当年张骞去西方开拓丝绸之路，到了罗布淖尔，被当地人留下作客，并给他娶了楼兰美女做媳妇，巴音郭楞人民请教他丝绸的制作过程。张骞首先教给他的妻子种桑、养蚕、缫丝，制造织布机，织绸全过程。从此巴音郭楞响起了中华古老的织布机声。有了毛布、罗布麻布、丝绸和施布，种桑、养蚕、缫丝、织绸的技术也从巴音郭楞传向西方，走向了世界。

当今，西德的一位纺织机专家路过巴音郭楞，人民又留下他作客，他又把先进的织布机向中国巴音郭楞进口，并传授了先进的纺织技术。由此巴音郭楞人民又织出了“楼兰牌”棉纱、“博疆牌”棉布和著名的罗布麻布，并且在学习的基础上，又创造出了罗布淖尔纺织技术，织出了高档的长绒棉棉纱，古老的丝绸之路重放异彩。真是“要织楼兰满园春，引得黄莺下柳条。”

1962年，上海成德织布厂迁到巴音郭楞，成立了湖光纺织厂，不久就织出了双纱线、鱼鳞呢、花线呢、派力司、棉毛衫、春秋衫等。1986年成立了库尔勒纺织厂，1987年又兴建了尉犁罗布麻纺织厂和孔雀纺织厂，1999年重组了罗布淖尔纺织集团（简称“集团”）。当年正式通过了ISO9002国际质量认证。“博疆牌”、“楼兰牌”棉纱被国家命名为“新疆名牌产品”。“博疆牌”棉纱被中国企业家管理协会评为“改革开放二十年最具影响力的品牌”，2000年乌洽会又被评为新疆最优名牌。各族纺织专家还创造研制开发了氨纶包蕊纱产品，填补了新疆纺织行业的空白。2000年软硬件综合效益居新疆纺织行业前三强，1999年被评为全国纺织行业第二十二位，进入了全国纺织行业前50强行列。出口的棉纱棉布为国际免检认证产品。近年来又引进了国际先进的精梳机和无梭机纺织设备，使企业的技术水平和产品质量又上了一个档次，为国家优质纱、优质布的生产基地。

巴音郭楞的纺织艺术像一根永远抽不完的锦线，用各民族融合汇聚的图案，真诚地织出了美丽的春天。罗布淖尔纺织集团为了壮大工业，用加强农业来稳定企业，采用“公司＋农户，公司＋种植”的经营方式，形成了棉花、罗布麻种植、收购、加工、生产一条龙的生产模式。组建了普惠棉花生产基地，减少了棉花加工、管理、运输等流通环节的费用，降低了原料成本。还对棉花和罗布麻实行了分摘、分晒、分存、分轧、分拣，从而减少了异性纤维和三丝含量，提高了棉麻的加工质量，出口创汇比例逐年提高。1998年，出口创汇711万美元，1999年1562万美元，居新疆纺织业出口创汇的第二位。

“博浪牌”苇纸

“博浪牌”芦苇胶版纸是国家级新产品，是用烧碱法漂白苇浆制造的特种胶版纸，1995年获国家优秀产品一等奖，同年获“新疆名牌产品”称号。1996年获“国际造纸工业博览会名优产品”称号，1999年获“国家著名商标”称号。根据科学家对其“名牌产品无形资产评估”，其价值可达百亿美元。

“博浪牌”胶版纸的原料是博斯腾湖生产的芦苇。博斯腾湖是中国四大产苇区之一，生产的芦苇具有杂质小、纤维含量高、含硅量低和韧性强等特征。同时由于巴音郭楞得天独厚的光热条件，采割加工期无潮湿霉变，加之无农药化肥添加，生产的纸浆不仅在国内市场，而且在国际市场独具魅力，是典型的依靠特色资源生产的特色产品。“博浪牌”苇浆因其82度以上的白度和3700米以上的裂断长的特性现已大量替代进口的阔叶木浆。随着中国集中制浆，分配造纸产业改革的推行和天然林保护工程的实施，苇浆作为国家新兴的可缓解再生利用的纸浆“模塑工程”首选用料，市场前景极为广阔。目前，“博浪牌”胶版纸产销两旺，供不应求。已成为人民出版社、人民教育出版社、西北各省出版社文化用纸的主要产品。

博浪牌胶版纸由新疆博斯腾湖苇业集团生产。1960年巴州建立了生产小型毛边纸、卫生纸的小造纸厂。1971年巴州建立了第一造纸厂、第二造纸厂，以后又成立多家造纸厂。1990年成立博斯腾造纸厂。1999年经自治区人民政府批准，15家造纸企业重组改制成立博斯腾湖苇业集团。其以芦苇产业化为中心，以环保为基础，形成了以芦苇生产、加工、销售一条龙。着力营销印刷、包装、纸浆模塑、芦苇编织、水产养殖等相关品种，实现资源转化和环境保护，生产规模已达到年产各类机制纸和漂白苇浆5万吨。博斯腾湖苇业集团现有博斯腾湖天然苇田1.3万公顷和2.3万公顷人工育苇基地，年产芦苇6.5万吨，成了中国胶版纸的集散地和生产中心之一。

博斯腾湖苇业集团拥有完整的代表中国苇类制浆、造纸先进水平的加工系统，其双横管式连续蒸煮器是瑞典SUNDS公司和美国BT公司先进制浆技术嫁接的产品。国内首家引进使用的双氧水新技术、板式蒸发器、湿法备料等先进环保工艺和设备，为治理环境污染修造了260公顷滤田和17千米排放明渠，拥有日处理140吨固形物碱回收系统，年回收工业用碱8000吨，已提前达到了国际环保要求。

7 奇花异木

摄影：杨洪

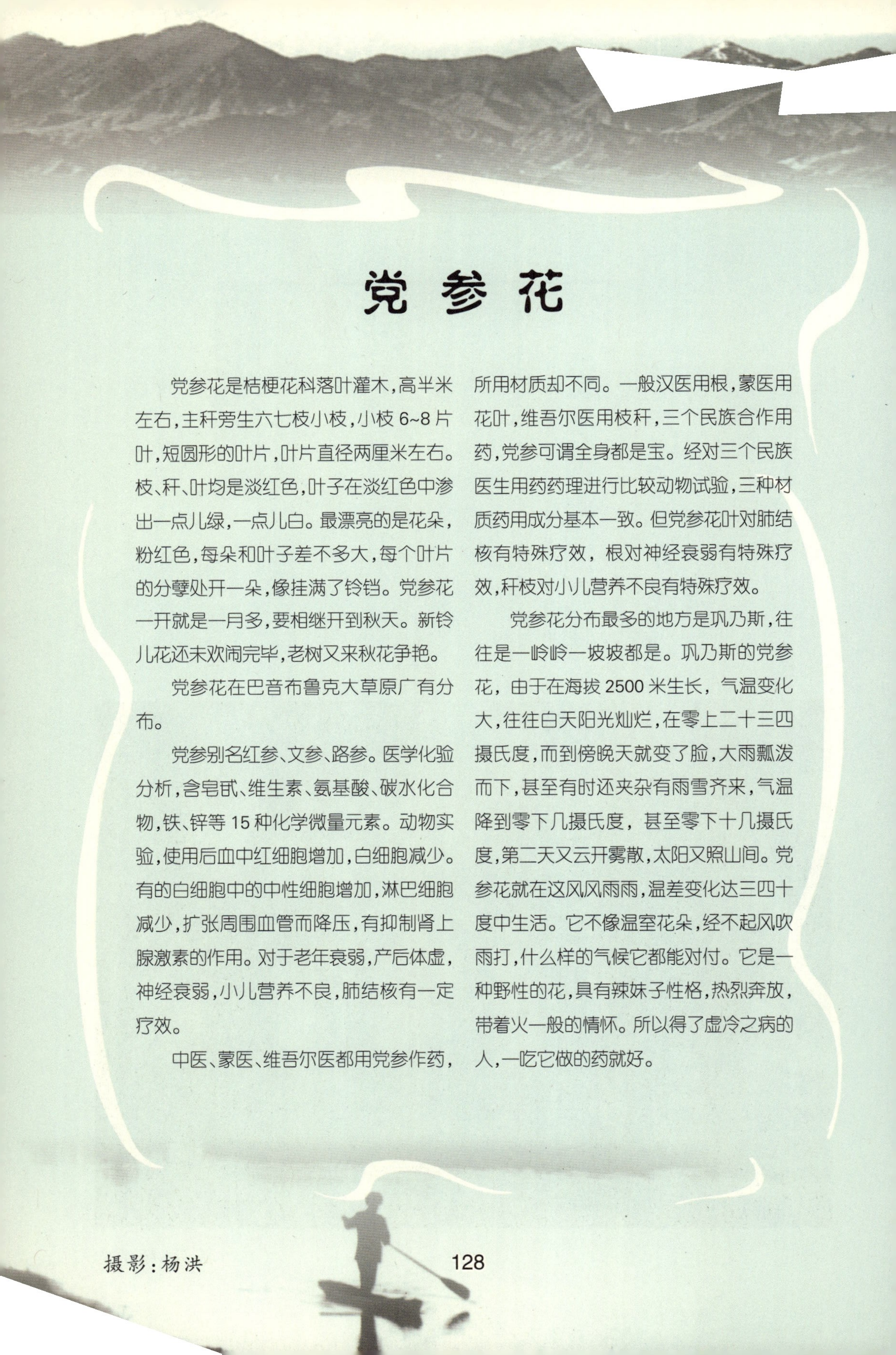

党参花

党参花是桔梗花科落叶灌木，高半米左右，主秆旁生六七枝小枝，小枝 6~8 片叶，短圆形的叶片，叶片直径两厘米左右。枝、秆、叶均是淡红色，叶子在淡红色中渗出一点儿绿，一点儿白。最漂亮的是花朵，粉红色，每朵和叶子差不多大，每个叶片的分孽处开一朵，像挂满了铃铛。党参花一开就是一月多，要相继开到秋天。新铃儿花还未欢闹完毕，老树又来秋花争艳。

党参花在巴音布鲁克大草原广有分布。

党参别名红参、文参、路参。医学化验分析，含皂甙、维生素、氨基酸、碳水化合物，铁、锌等 15 种化学微量元素。动物实验，使用后血中红细胞增加，白细胞减少。有的白细胞中的中性细胞增加，淋巴细胞减少，扩张周围血管而降压，有抑制肾上腺激素的作用。对于老年衰弱，产后体虚，神经衰弱，小儿营养不良，肺结核有一定疗效。

中医、蒙医、维吾尔医都用党参作药，所用材质却不同。一般汉医用根，蒙医用花叶，维吾尔医用枝秆，三个民族合作用药，党参可谓全身都是宝。经对三个民族医生用药药理进行比较动物试验，三种材质药用成分基本一致。但党参花叶对肺结核有特殊疗效，根对神经衰弱有特殊疗效，秆枝对小儿营养不良有特殊疗效。

党参花分布最多的地方是巩乃斯，往往是一岭岭一坡坡都是。巩乃斯的党参花，由于在海拔 2500 米生长，气温变化大，往往白天阳光灿烂，在零上二十三四摄氏度，而到傍晚天就变了脸，大雨瓢泼而下，甚至有时还夹杂有雨雪齐来，气温降到零下几摄氏度，甚至零下十几摄氏度，第二天又云开雾散，太阳又照山间。党参花就在这风风雨雨，温差变化达三四十度中生活。它不像温室花朵，经不起风吹雨打，什么样的气候它都能对付。它是一种野性的花，具有辣妹子性格，热烈奔放，带着火一般的情怀。所以得了虚冷之病的人，一吃它做的药就好。

摄影：杨洪

博斯腾湖的莲花

博斯腾湖的莲花，有红的，粉红的，也有淡黄的。它们的根须能扎于十几米水下。根没有藕，只是 1 厘米粗的水草根。根不白，还是黑色的。它的须有几百根小毛毛，紧紧抓住湖泥，吸收着湖泥中的营养。博斯腾湖莲花的根很有点淘气，人有意去抓，它在水中会像动物一样躲开你。它的叶比荷花的叶小一半左右，花比荷花小 1／3，从根到花，似乎都比荷花要逊色。然而莲花比起荷花来，更有自己的风采婀娜、光辉照人之处。它也是巴音郭楞的一宝。

它的根入药可治胃痛、胃酸、消化不良、风湿关节炎、关节痛，具有消肿止痛、舒筋活络的作用。它的叶能治跌打损伤，瘀血疼痛。它的花能治妇女痛经、烫火伤，止痛效果极好。动物实验表明，博斯腾湖的野水莲，根、叶、花各含有甲、乙、丙三种不同的生物碱，还有 8 种化学微量元素，为其他植物类药所罕见。荷花叶浮出水面之后再也不回水中沐浴了。而莲花则不同，不管它的花叶哪怕污染上一点脏，到了夜深之时，它会钻入水中，将自己沐浴一番，第二天又将水洗后的清丽展现在人们面前。它往往开一月不败，开放之后，孕育的第二代又开放了，一代又一代地绽放着自己的风采灵犀，散发着一阵阵清香芬芳，令人心旷神怡，令人陶醉。

为此，巴音郭楞人民专在博斯腾湖畔修了一座莲花湖公园，供中外游人观赏博斯腾湖别具一格的莲花，体会那清新芳香、沁人心脾的湖味。公园离库尔勒 20 千米，有专车前往。如要欣赏莲花湖晚上的情趣，可以就地夜宿，有高档舒适的莲花湖宾馆供你夜里做个美梦。

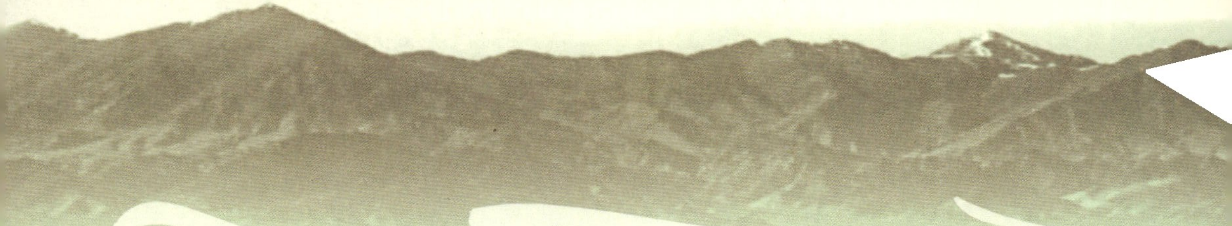

大 芸

大芸，医学名为“肉苁蓉”，系多年生本草沙生植物。它生长于盐湖地和干河沙地，中国的西北各省均有分布，但品质最优良的当属若羌的大芸。

大芸高为 50 厘米左右，根部 15~17 厘米，为鱼鳞形秆茎球状，粗直径为 6~8 厘米，根下有一根直径 1 厘米、长 15 厘米的小须，须底部有十几个针眼大小的毛细管，是专门吸收地下水分和各种营养的。根上为茎秆，也有 15~17 厘米长，由刺牙状芸笋组成，粗有 5~8 厘米。顶部为花冠部分，馒头状，高 20~22 厘米，粗 15~17 厘米，由几十朵小花和百十个鳞形叶片组成，一般为 1 小花 2 叶，全部密密麻麻附在这个球状的花朵上。花在叶中间，叶和花平平挤在一起，仿佛团结得十分紧密。它一般情况下埋在深深的沙土和戈壁滩中，只有遇见一场喜雨之后，它才探出头来。它往往在红柳、梭梭、盐爪爪的根丛之下，但也有独自生长的。它的须根部为棕红色，茎部为紫白色，紫中透白，白中透着淡紫。花和叶是淡白色，大部分为白色，少部分透着一种淡青色，有的花全为白色，个别花黄色。花为 8 瓣，中有 8 根小紫红蕊，叶为小尖叶，和桃叶形状相似。中医用大芸茎根入药，蒙医、维吾尔医用花入药，主治肾虚、阳萎、腰疼、便秘，功能补肾壮阳、润肠，药性微温、味甘。古波斯人也用此治疗阴茎不坚等症。近有人说：吃 1 棵大芸等于吃两粒“伟哥”。不过“伟哥”是化学药品，有一定的副作用，而大芸却是难寻的奇珍绿色之药。近来塔里木周围已经采不到大芸，去楼兰周围荒漠采，随时都有生命危险，多少英雄都忘而却步。不过若羌县近来准备搞特色种植，科学家正在试验种植。

动物实验，大芸含有多种雄性激素，已查出达 18 种之多，服用后血红蛋白、血中红细胞、网状红细胞飞速增加，另含有树脂状甙核黄素、硫胺酸、维生素、蛋白质、多种微量元素达二十五种之多，特种氨基酸达 50%以上，它是补精髓、温筋骨的绿色特效助阳药。

甘 草

甘草在巴音郭楞各县市均有生长分布，而且都有封育基地，以轮台县草湖甘草封育基地最大，达 13 万公顷。1971 年此地曾挖出长 5.1 米、直径 13 厘米、质量较好的甘草而闻名新疆。甘草已成为轮台县特色经济的一大支柱。

甘草，又称甜草、密草、粉草、乌拉尔草，属豆科，多年生草本植物。茎秆最高可达 1 米。茎秆直径 1~1.5 厘米，枝杈粗 0.01~0.05 厘米不等，茎秆有十几个枝杈，叶子像公鸡羽毛一样为羽状稀疏排列，蝶形花冠，夏季开紫花，豆状花序，荚果狭长椭圆形，弯曲成镰刀状或环状，有褐色的腺状刺。其根之长一般都在两三米，四五十年的甘草根可达四五米长。中医、蒙医、维吾尔医都用其根，有“百药之王”之称。性平、味甘，有调和诸药泻火解毒之功效，主治脾胃虚弱、肺虚咳嗽、咽喉肿痛、痈疽解毒、小儿胎毒、溃疡病、肋膜炎、肺结核等。

动物实验，甘草有甘草次酸，甘草甜素，有解毒作用。3 只小白鼠服砒霜，实验两只速喂甘草水，当即救活，第六天恢复健康，另 1 只未服，10 分钟后死亡。甘草甜素还有预防动脉硬化作用和治疗胆固醇的作用。甘草次酸有增强肾上腺皮质激素作用，中毒饮用甘草水后血流加快，毒素能迅速排出体外，另含有多种维生素、赖氨酸和微量元素。亦应用于糖果、食品、卷烟和医药工业。原产分布于地中海地区和中国新疆，现西北地区均有种植，但远不及新疆的产量高，质量好。人工种植甘草在巴音郭楞获得成功，当年种植即可受益，试验品种不但有棕皮甘草、黄皮甘草、红皮甘草之分，还有浅地层甘草和深地层甘草之分，有多年性受益和一年性受益之分，质量均较好。除人工种植的采挖销售外，野生的目前各县市和巴音郭楞人民代表大会均立法保护，为保护生态环境，大部分予以封育。只有轮台县由于甘草草场面积大，采取了野生轮作采挖，稍有出售，但价格火爆。

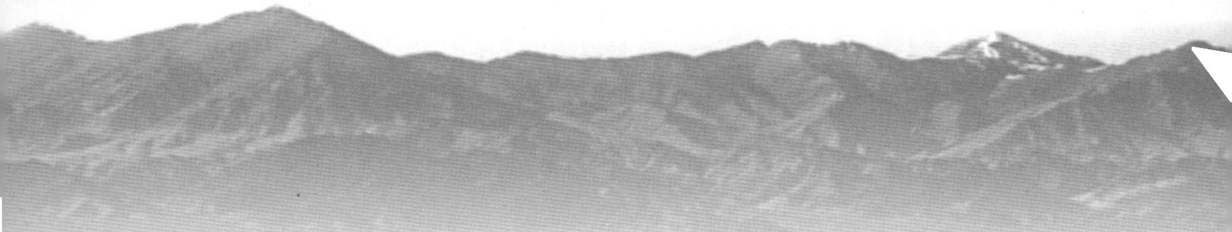

麻黄草

麻黄草在巴音郭楞各县市均有生长分布，但是和硕草原的麻黄草面积达 4 万多公顷，密度大，质量好。1988 年成立了新疆和硕麻黄素厂，至今出口创汇近亿美元。经国际质量认证，产品质量稳定，合格率 100%，产品优级率 100%。从此和硕的麻黄草闻名天下。

虽然麻黄草价高物美，是巴音郭楞的精品，但是由于过度采伐，妨碍了环境生态的发展。现在和硕县正在逐步走向良性种植，轮作封育、采育和植株提纯复壮等保护生态，保护草原，保护麻黄草可持续发展的道路。

麻黄草，也叫草麻、麻黄，多年生草本植物。一般高在 0.5 米左右，伏地而生，一蓬棵粗约 0.3 米，根 0.5~0.7 米，粗 2~6 厘米，棕红色，枝杆粗 0.1~0.15 厘米，土色。针叶直接向上生长，高 40~50 厘米，粗 1~2 毫米。夏日为绿色，秋日变为淡黄色，冬日为枯黄色，来年春夏返为嫩绿色，夹有淡黄色。株最多可达 240 多针，少的几十针，当年生一杈枝最少为 14 针。果结针叶上，果为直径 0.1~0.2 毫米，初为绿色，冬为黄色。脱落后，来年新针叶长果，果落沙内、戈壁滩内，遇雨而发，生长迅速，喜干旱沙漠、戈壁气候，有较强耐旱适应性。

性辛平、温和，功能解表祛风，理血镇疼，散热利咽。有麻黄碱、利尿素、维生素、氨基酸和多种微量元素及挥发油。动物试验，有升高血压、舒张平滑肌的作用，另有利尿、发汗功能。麻黄根可止汗，麻黄果能使脸部血流加快，促进眼睛复明，治疗感冒、咳嗽、肺炎、尿道炎、支气管炎、支气管哮喘、关节炎、痛风等。常吃易成瘾，医生一般限量，是一种兴奋药，运动员忌用。世界著名女体操运动员，罗马尼亚的拉杜坎因误服了医生给她的 1 片含麻黄素的感冒片，使到手的 2000 年奥运金牌被取消。为此她状告医生、反兴奋剂中心等，但都无济于事，全世界把麻黄草炒得沸沸扬扬，一时麻黄草身价倍增。

食麻黄草有飘飘欲仙的感觉。汉代方士服食最后目标是成仙，所以被急欲成仙的统治者、方士们的青睐。4000 年前的巴音郭楞地区的罗布人就以麻黄草为药物，中外考古学家在楼兰古墓葬中发现了麻黄枝。20 世纪 70 年代，中国考古学家在罗布泊地区挖掘了 47 座古墓，墓主人无一例外身边都陪葬 1 包麻黄枝。看来古人早就发现了麻黄草缓解病痛的神奇力量。

和硕县已发现麻黄草十几个品种，并研究出它存在较好的防腐作用，正在走种植、研究、生产规模化经营之路，让麻黄草更好地造福人类。

罗布麻

罗布麻是库尔勒市、且末县、轮台县、若羌县、尉犁县特有的植物，大片大片生长，形成规模化。上市经营的非尉犁县莫属。

罗布麻是多年生草本植物，夹竹桃科，罗布麻属。一般生活环境为盐碱化沙土和水源附近的沙地。现生长在孔雀河和塔里木河两岸。

罗布麻根系发达，扎根地下 60 厘米处，侧根旺盛，根茎一般为 1~2 厘米，侧根为 2.5~5 毫米，根为棕色，株高 0.8~1 米，蓬散状粗 0.5~0.7 米。1 株的茎可达十至几十枝，最多的有 136 枝。枝粗 0.1~0.5 厘米不等，枝为棕色。叶为柳叶形，较少，一般长 5~10 厘米才长 1 叶。花较多，除 1 叶 1 花外，枝顶又开两三朵，粉红色，拇指大，牡丹花形，花蕊 18 瓣膜，芳香袭人。蜂酿罗布蜜，可治脑动脉硬化，是上等补品。

罗布麻最宝贵之处是它的皮，皮具角质层，厚度为 3.5~8 微米，有气室，有粘液细胞缠绕。枝茎中心呈薄壁粘液细胞构成的髓，髓中分布着大量的纤维细胞，充满着树枝胶物质。外皮纤维长度可达 108 毫米，细度 4500 米 / 克，是纺织的优质麻材料。

楼兰出土的三千八百年前的女性干尸就穿着罗布麻衣物，以后相继出土的 47 具墓葬，墓主人也都穿有罗布麻衣。《西域水道记》中有当地居民织野麻为衣的记载。20 世纪 50 年代以来，中国科学家对罗布麻纤维进行了现代纺织工业研究，证明它是一种高级纺织原料，织出的罗布麻布手感好，着色美，纤维牢固，由于罗布麻纤维稀少珍贵，有多种工业用途，市场上已不予销售。尉犁县正在开展人工种植，巴音郭楞还专门成立了尉犁罗布麻纺织厂，除满足工业急需外，还织出民用的罗布麻布，满足人民需求。罗布麻还有多种药用价值，有止咳、平喘和减少尼古丁的毒性等作用，被用于制烟工业生产减毒香烟——罗布麻烟。

摄影：杨洪

香梨树王

库尔勒市英下乡其兰巴克村木沙·阿西木的果园生长着一棵香梨树。树龄据专家按年轮测定为138年，长势良好，2000年产香梨500多千克，梨果均在110克以上。树围粗2.26米，树冠东西宽20.3米，南北宽18.5米，树高8米，枝繁叶茂。园艺科学家评估，其长势还在壮年阶段。一般的梨树活八九十年已见木质枯炭状，其不但没有丝毫的枯炭状元素，而且木质还像青年树一样，含有足够的湿润水分，巴音郭楞人民称其为“香梨树王”。

据说这棵香梨树王扎根在一条地下水脉内，水脉日日夜夜滋润着它，它才枝繁叶茂。香梨树的主根靠近树围处，比树围大1.5倍，扎根于5~6米以下，主根尖仅5厘米，有旁根、侧根28~35枝，伸向四面八方吸收水肥的营养，每1侧根旁根都有近百个0.5~0.8米长、0.1~0.5厘米粗的须。真可谓根深叶才茂。

香梨树长到3年即可结果，在三四米高的时候，把主枝剪掉，让梨树多长旁枝结果。木沙·阿西木听祖宗讲，这棵大梨树长到八九米才剪主枝，这可能是梨树王长得高大的原因吧。这棵梨树分5大旁枝，有1旁枝上有7根侧枝，有1枝侧枝长着6条类枝，1类枝长着11条小枝条结果。小枝有拇指粗，类枝有拳头粗，侧枝有小腿粗，旁枝有高大男子汉的大腿粗。梨树叶的样子似银元大小，椭圆形，前端有叶尖，叶柄1厘米左右。梨树每年4月10日后开花，9月谢果，11月落叶。4月花开时，叶还是1片小芽，满树都开满了雪白的梨花，看不见枝，看不见叶，只看到美丽的花，就像一群天使落于枝头。梨花朝上开，6瓣花，花形如荷花，花蕊也有6个小花骨朵，全是白的，高雅清丽，赏心悦目。有人说库尔勒被评为全国卫生城，梨花帮了大忙。梨花一开库尔勒就变为天使一般城市。梨花香味浓郁，花开十余天后，往往像天使一夜走向了天庭，树上长出了一个个拇指大的小梨儿和叶片儿，把梨树打扮得满树嫩绿。香梨树根为棕色，树干为紫红色，枝为酱色，木为浅红色，木质坚硬，是做高档家具、雕刻图章和做菜板的优等木料。

在其兰巴格村，除了木沙·阿西木的果园有香梨王树，在不远处的木合塔·阿来果园也有两棵大香梨树。树龄都为117年，有“两梨后”树之称。目前库尔勒人民将其保护起来，开辟为旅游“圣地”的圣树。

小红枣神树

库尔勒市英下乡其兰巴克村木沙·阿西木家的果园，生长着一棵小红枣树。树龄已达 215 年，树高 10.5 米，树围 1.8 米，树冠东西宽 9 米，南北宽 8 米，长势良好。据专家对树身、树根、树枝、树叶全方位的测定，这棵树健壮得像个小伙子。它还在生长，一般枣树存活百年算高龄了，它竟然活出多一倍的年龄，而且还返老还童。这引起人们极大的兴趣，也引起了园艺科学家的注意。

相传这原是一个大巴依（地主）的林地，一个要饭的孤儿走到树下，枣树可怜他，给他落了十几颗小红枣充饥。巴依看到就说孤儿偷了他的枣，孤儿辩解说："枣树自落的。"巴依说："胡说八道，你再叫枣树落几颗给我看。"孤儿向枣树祈祷三句话，树落三枣，巴依祈祷了一百句也不落一枣，巴依十分生气，拿起鞭子先抽了孤儿 30 鞭子，又抽了枣树 30 鞭子，枣树从此光开花不结果。巴依 30 年家破人亡，就连狗到他家三天都不拉屎。他说其兰巴克是灾难之地，张罗着变卖家园林地。当年孤儿 30 年后自立成人，贩水果当商人，赚了大钱，就买下了这片土地。自从孤儿买了这几亩狗不拉屎的薄地，枣树是年年结枣，土地种什么长什么，成了一块宝地。人们都说枣树显灵，帮了苦命孤儿，称枣树为神树。又是一个 30 年，老巴依吃喝嫖赌，无所不为，用光了所有的金钱，成了可怜的乞丐，重来小枣树下。枣树不落一颗枣给地，当年的孤儿认出了他，供其吃喝，养老送终。老巴依临死之前忏悔了自己，托枣树代他报答孤儿，从此其兰巴克就成神树、王树之园了。

林学家对这里的土地分析发现，这里的土地化学元素丰富，地下水分充足，适合果树生长。

小红枣树扎根可达 12 米以上，根须发达，枣杆为棕黑色，枣枝繁叶茂，主枝通天，旁枝 3 枝，侧枝 10 余枝，类枝百余枝，小枝 300 余枝，叶为翠绿色，仅有苜蓿叶大小。1 大叶柄长着 13 片叶，枣为拇指大，核如黄豆，枣红肉绿，甜酸满口，有补血养血之功，和大红枣口感、味感均不同，为库尔勒一特色果品树种。

天山山杨

和静县天山境地的早尔曼沟，海拔1700米，生长着1棵树龄229年的山杨。树高21.7米，树围4.2米，树冠东西宽23米，南北宽15米。

山杨在山沟的沙石地中能够生长是一个奇迹。山沟中石块堆积，蓝球大的卵石一块接一块，人都插不进脚去，山杨却在这石挨石的地形中扎下根，并且改造了山石地。林业专家讲，山杨能分泌一种碱，把山石渐渐融化，使它扎根于地。它的根能扎入地下5米以下，主根系半米处和树干一样粗，以后渐细，主根尖最下部只有1厘米。在主根周围散布着将近500根须根，像一束密密麻麻的斜拉绳，把山杨牢牢固定在山间，风吹雨打它都会伟岸挺立。这些须根有的上端粗十几厘米，下端却像线一般细；有的上端粗约1厘米，下端也粗约1厘米。它的根真是扑朔迷离，各不相同。林业专家讲，它的作用各不相同，粗根起斜拉作用，细根捆绑缠绕加强固定力。山杨树皮为灰色，裂缝很小。树枝有旁枝，三四枝，侧枝十几枝，类枝百十枝，枝条百十枝，树叶大小和杏叶差不多。木质结实，不易裂口，柔韧性好，和杨木材质不同之处是不变形，不翘板，稳定性能好，是做家具的优质木材。

相传早尔曼沟的山杨是1772年民族英雄渥巴锡首次视察巴音布鲁克大草原，与土尔扈特的智者翁东巴务来到早尔曼沟，看见1只小鹿从山上跌落到沟中，渥巴锡和翁东巴务看鹿腿已摔断，十分不忍，就用1根山杨树枝为固定棍，包扎了小鹿的腿。小鹿一瘸一拐地走了。当天晚上，天神托梦渥巴锡，你们的祖先在伏尔加河畔生活了140年受尽了沙皇俄国的压迫和欺凌，你带领人民回到了祖国，应该寻找个安身立命之处，这就是美丽神奇的巴音郭楞。现派两只神鹿给你送去两棵山杨枝，你们种入地下，作为你们安家的奠基礼。渥巴锡和翁东巴务醒来后，看到昨天救的小鹿已活蹦乱跳和它的母亲都叼了一棵山杨苗，放到渥巴锡和翁东巴务面前，飞也似的跑了。两人恍然大悟，遵照天意，种下了这两棵山杨。山杨长成参天大树，两百多年来长盛不衰，而且早尔曼沟也变成一片山杨大森林。

巩乃斯的雪岭云杉

巩乃斯沟的南坡生长着满山、满岭的雪岭云杉，它们一般树龄都在四五百年以上，有的三四个人才能合围，大树分割后，四辆八吨东风车才能拉走。

西南坡有一棵树，树龄为761年，树高32.3米，树冠南北达15米，东西达16米，树围7.8米，且长在一块悬崖峭壁的平台上，根部像铁爪一样扎进了石头中，看后使人叹为观止。

巩乃斯的雪岭云杉之根制造了伟大和神奇，竟然将软弱的根须扎进了坚硬的岩石。原来这种云杉数不尽的根尖上都有一层叫做根罩的硬壳，它像锥子一般钻入岩石中，又可以在岩缝里盘伏前进，遇到钻不透的岩石，它分泌出一种酸液，慢慢把岩石溶解，冲破阻力，继续向前。粗大的雪岭云杉正是靠着这纤细的根罩在千山万岭中傲然发碧。雪岭云杉的根为棕色，一般有旁根五六根，侧根二十余根，根须有上百根，从旁根剖面可查出树龄和树的生长质量。这棵西南坡雪岭云杉目前长势很好，再让人观赏一二百年不成问题。林学家介绍，如不遇特殊情况，它有望活千年，成为巴音郭楞"活化石"。

雪岭云杉主干树皮为紫红色，一般在离地面两三米处长虬枝，旁枝达六七十枝。据说每10年长1枝，旁枝上的侧枝有五六枝、七八枝不等，侧枝上的类枝可达10枝，枝条上长满了几十枝叶枕，叶枕上长了三四厘米的条形针叶，翠绿色，针叶像坚强的集体，排列整齐，齐头并进地生长。针叶有1~2毫米粗，头是圆的，像针鼻一样，还有气室和气孔。果实拇指大、球形，球果单生枝顶，下垂。专家介绍，它的叶气孔是喝水的，巩乃斯海拔2408米以上，年降水量达1000毫米以上，雪岭云杉在山石上生长很难吮吸水分，主要靠叶来吮吸，保持生长足够的水分。雪岭云杉喜冷怕热，喜高怕低，喜湿怕旱。巩乃斯湿润的气候，一般不超过摄氏20度的夏季气候，多雨多雪的天气，特别适宜雪岭云杉生长。即便是寒冷的冬天，雪岭云杉长青的绿叶仍用气室化雪吸收水分，它是巴音郭楞的又一英雄树。

八棵树村

和静县有一个八棵树村，因该地生长着8棵大榆树而得名。这里海拔1010米，气候温和，土地肥沃，是焉耆盆地最富庶的村庄之一，现在仍然完好地保存着三棵古老的天然大树。树龄测算为421年，一号树高23.2米，树围5.13米，树冠东西宽18米，南北宽19米。二号树高23.4米，树围4.69米，树冠东西宽21米，南北宽18米。三号树高21.8米，树围5.1米，树冠南北宽19.5米，东西宽20米。三棵大树长势良好，枝繁叶茂，木质肌理测定属壮年期，丝毫没有老龄化趋势。

这三棵榆树均为白榆，树皮为灰白色，叶面呈一层白膜，结的果实榆钱由黄变白，所以学名为白榆。林学家说，榆树有多高，它的根就有多深，它有多少条枝叶，就有多少条树根。

大榆树两米以上长枝，一号树旁枝七枝，有的旁枝上有十几枝侧枝，有的有七八枝侧枝不等。类枝互生达几十枝，枝条繁多，一类枝上达几十根枝条，旁枝0.5~0.9米直径，侧枝为0.2~0.4米不等，类枝1~10厘米，小枝细仅1~2厘米。早春叶先开花，结果成榆钱，枝条间生榆荚，形状似钱而小，嫩黄成串。榆钱可食，拌以玉米面蒸熟为榆钱饭，味美饭鲜，清香沁人，使人胃口大开。叶互生，椭圆形，前有尖，茎部歪斜，单锯齿和不规则复锯齿。据研究，这里榆树比内地的榆树叶小1/3，锯齿却多1/5，比巴音郭楞其他各县市的榆树锯齿也多1/10。林学家介绍，这种特点使它们成为长寿树。锯齿多而尖，有利于杀虫。

传说这八棵榆树的来历十分动人。有一对美丽天鹅是夫妇俩，它们看到富庶的焉耆绿洲什么树都有，就是没有榆树。它们说，我们在这里的天鹅湖住，这里的人民友好而善良，从不射杀我们，还赶跑了时常偷袭我们的豺狼和狐狸，我们无以报答巴音郭楞人民，待来年从大西洋热带飞来避暑，叼上80颗多齿榆种子来吧。第二年它们叼了80颗种子向巴音郭楞的天鹅湖飞来，飞了10天，路上停了9天，但每一次停下来，风婆婆都来破坏，趁它们换嘴叼种子的时候刮走8颗，共刮走了72颗，叫馋嘴的麻雀全吃了，最后只剩下8片。到了哈拉莫敦之地，它们小心翼翼地每隔几十米种1颗，当年发芽，长成小树，以至长了几百年，这儿就叫8棵树。多齿榆的种子撒遍了巴音郭楞大地，现在的巴音郭楞的榆树都是8棵榆的子孙。

8 珍禽异兽

摄影：杨洪

雪　鸡

鸡形目，雉科，鸟类，传说中美丽的凤凰就是雪鸡。雪鸡有四季更衣的本能，而且衣着华贵高雅，美丽无比。孔雀自愧不如，丹顶鹤望而却步。公园里百鸟群聚中，它仿佛就是鸟类的王子。春天，雄鸟通体白色为主，杂棕紫色、银灰色；夏天羽毛为淡黄色、黑褐色，此时最像传说中的凤凰；秋天，又为棕黄栗色和银灰色；冬天全身变成雪白色。雄雌大致相同，似乎哪一种鸟都无法和它相比。当然这种特有的珍稀灵性，是为了保护自己不受狼、虫、虎、豹侵袭，是一种物种的自然选择。

雪鸡和家鸡差不多，嘴的形状像鸡，最美的是头上鸡冠两则竖起两条头翎。翎毛随季节和场合的变化而变，冬日雪白，夏日金亮，求偶时闪绿，和敌手搏斗时又鲜红无比，鸡冠高耸，造型似花，双眼斑斓闪目，美丽诱人。眼睫毛是白色、黄金色，眉毛青亮，有时又雪白，有时翠绿，时时变幻着奇异无比的光彩，显得靓丽迷人。人间有凤头之说，雪鸡的头真可谓天下一绝，不同时间，不同角度看都是一种美。

雪鸡另一绝是它的尾羽，比体长 1 / 3，最长的有两根，中长和短的有 8 根，尾羽的色彩夏黄冬白，和全身变化基本一致。雪鸡在闲暇打扮之时，会使尾羽展放出和身体不同的色彩。如全身褐色时，尾羽变绿；全身变成白色时，尾羽发黄。尾羽不仅有装饰之效，还有起风时固定全身，转弯时调整飞行动作，求偶时飞翘、抖亮的功能。

它求偶时高雅文明，往往雄鸡围着雌鸡跳三圈舞，雌鸡无动于衷，还要唱上三支不同的歌，然后采两粒花籽给雌鸡，雌鸡接受，才唱着歌交配。唱得歌动听悦耳，歌中带哨，哨中有妙，妙中又传情，世人凤求凰之说即由此而来。雪鸡求偶交配时勇猛无比，如有虎狼冲了美好的情场，雌雄飞上前，会啄瞎虎狼的眼睛。一般雪鸡求偶交配时虎狼都不敢上前，稍后窥测，准备等雄雌交配精尽力竭之时才敢袭击。

雪鸡喜食松籽、花蕊、雪兔、雪鼠以及一些林间树丛的昆虫，择居性强，喜栖居在胡杨、山杨、雪岭云杉的树上。这些树都有梧桐树之美，一般的水曲柳、沙枣树、杏桃树它是不屑一顾的，所以人间有“没有梧桐树，引不来金凤凰”之说。

巴音郭楞的猎人们不猎杀雪鸡。他们认为雪鸡是神鸟，一是会变换羽毛，二有凤头之美，三有择居之雅。雪鸡肉骨有暖胃补肾功能，是名贵的中药。雪鸡主要分布在天山、昆仑山、阿尔金山的高山丛林中。它总是选择高处，那些地方虽然寒冷，但是它从不怕风雪严寒。

猎隼

鸟纲，隼科，又叫鹘或鹰。巴音郭楞的猎隼是候鸟，冬去春来，从大西洋飞越千山万水，来到美丽的巴音郭楞和阿尔金山避暑度夏。它们对人忠诚无比，一旦被驯化，终生陪伴你，不管你再穷都不会离开你。传说有一位猎人在森林中打猎迷了路，走了半个月都没有走出大森林，猎隼始终陪伴着他。没有吃的，从天上捕来飞鸟给他充饥；没有喝的，用羽毛沾水供他解渴；猎人病了叼来药草救治，最后它一翅膀一翅膀把猎人引上了回家的路。猎人们一般都把猎隼当做最亲密的伙伴和朋友。猎人的歌唱得好："我一生有三个最忠诚的朋友，老婆、猎隼和狗，无论我贫穷还是富有，他们都会为我放开歌喉。"隼的另一盛名叫"忠诚鸟"。

猎隼身长 70~75 厘米，头部及颈侧羽毛微灰，全身土黄色，上体发着蓝白间褐斑，下体色白而暗黄。上嘴钩曲，下喙尖硬，眼如鸡蛋，发红，金黄色眼仁。游隼、大隼眼发蓝，也是金色眼仁，明亮有神而圆，永远注视着天上地下的一切，即便睡觉也都是半闭着眼，发出一种蓝幽幽的凶光。猎隼翅膀上有大小翎 36 根，最长的 1 根翎可达 60 厘米，翎尖闪着黑亮的光彩。尾部翎 12 根依次排列叠起，飞翔时展开尾翎，起到方向盘的作用。尖喙 8 爪十分锋利，两小爪虽退化，但起着支撑作用。如遇猎物，它能以时速 280 千米的飞翔速度直扑上去，两爪首先抓破猎物的眼珠，然后叼出猎物脑髓，使其毙命抓获。它能战胜比它大几倍甚至几十倍的狼狐等恶兽，实在是一种神奇。看它勇猛搏杀，反复打斗，不停撕扯，令猎物无法招架，只好装死。它早已识破了猎物的阴谋，本来看着它是朝头部进攻飞来，在短短的几秒钟之内，它却突然改变了方向，照着猎物的尾部就是两爪一口，撕掉一块肉，飞向了高空。它高叫着，欢笑着，把胜利和光荣留在了巴音郭楞大地。

藏野驴

海拔 3000~5000 米的昆仑山、阿尔金山广阔地域内，生长着非驴、非马又非骡的动物。科学家经过考证，定名为藏野驴。藏野驴是野马的近亲，同属奇蹄目马科。仔细观察，藏野驴不及野马身材粗壮，体型较小而四肢细长，身长 2.1~2.3 米。藏野母驴还要小些，耳朵细长，形似骡，但又不是骡子，肩高为 1.2~1.3 米，比骡肩小得多。野驴和野马虽然毛色都为棕褐色，但野驴毛浅得多，特别是冬毛，几乎呈淡棕色。藏野驴脖颈下半部、腰部及腿部的毛色均为白色，而野马、骡子和家驴腹部不具这种美丽的色彩搭配，它们往往是全身一色，毫无色彩而言。尤其是藏野驴的背上，有一条黑色美丽的条纹，使藏野驴看上去更与众不同。藏野驴的鬃短而稀疏，尾巴细而短小，遇有人和猛兽，会夹起尾巴做驴。

藏野驴的脸比马、骡、家驴的都长，眼如鸡蛋大，显得机警。眼珠发黄褐色，自有一种看着好斗的神韵。鼻孔比野马、家驴、骡子的大，有小鸡蛋那么大，嘴齿尖而锋利，嘴又长又大，占了头部的一半，比野马、骡子、家驴的大得多。这有利于吃食物和高山吸氧。

藏野驴是在高山干旱荒漠化生活的动物，适于粗食。沙漠中梭梭、盐穗木、沙拐枣、花棒都是它常吃的食物，三叶草、芦苇、狗尾巴草、苜蓿比较喜吃。饮水一般有固定的地点，往往在饮水池、小湖、小河一带活动，一个驴群不会去侵犯另一个驴群饮水区域。

藏野驴一般百只至五百只集群活动，奔跑时，如山呼海啸，天摇地动，雄奇壮观无比。它们是善奔会跑的动物，会和马队赛跑嬉戏，和汽车赛跑游玩。有时排成“一”字形，有时排“人”字形，有时排成“之”字形，直到跑到马队、汽车前面才停下来，以骄傲的目光看着你。如有偷猎者想射杀它们，它们竟然全部惊呆不肯离去，只是猛夹尾巴。你这时才知道什么叫做“蠢驴”。当同伙临死前发出赶快逃命的哀号，它们才四散奔逃。

藏野驴仅在昆仑山和阿尔金山荒漠地带有一万多头，现已列为国家一级保护动物。

野牦牛

野牦牛为偶蹄目，牛科，全身黑色长毛。脖颈、前胸、腹部有六七十厘米长的毛，长毛主要是保持体内温度，抵御高原寒冷，也便于在冰雪中生活行走睡卧。成年公牛体长3.2米，肩高1.78米，重达1000千克左右，是家牦牛体重的1倍多。雌牦牛较小，身长约2.5米。

野牦牛脸不长，眼如鸡卵，带着一种固执和倔强的“牛光”。眼上有一双长七八十厘米并略微内弯的双角，鼻孔很粗，足可塞进一个鹅蛋，嘴比家牛要大1/3。这一脸凶相，使人胆怯三分。发现有人侵犯它的利益，或遇敌害侵袭，雄壮的公牛和爱孩子的母牛，会瞪着血红的双眼，低头翘尾，挺着双角，以锐不可挡之势猛冲过来，不和敌手拼个高低，决不败下阵去。许多偷猎者极有可能战死在他们的群角粗腿、利牙之下。

野牦牛一般生活在海拔3000~6000米的青藏高原，西北部延伸到昆仑山、阿尔金山一带，低海拔区极易死亡。它有高原动物特有的生理功能，胸部宽阔，肺活量很大，血液中血红蛋白含量高，适于吐故纳新，输送氧气。野牦牛一般少则十余头，多则五六十头，或百余头，形成种群，各霸一方，不允许其他动物轻易侵犯它的食物和水域。阿尔金山和昆仑山有野牦牛一万头左右。它以高山谷地的茅草、芨芨草、狗尾巴草、火绒草、苦豆子草为食，饮冰水、卧冰雪，向来以它的“牛劲”不畏高原的风暴和严寒的冬日。野牦牛喜欢洗澡，钻进冰水河中不愿出来。它是游泳的健将，可以蛙泳、仰泳、自由泳，还会扎猛子潜水，有时只露鼻尖和头顶。洗澡可以淹死或冲掉身上烦恼的寄生虫，还可促进皮肤的新陈代谢，以便永远充满着“牛劲”。野牦牛秋季交配，怀孕期245天左右，第二年7月产仔1头，小牛仔受到父母的挚爱。牛仔两岁性成熟，和父母形成1个种群，寿命有二三十年。

野牦牛能在两三米的积雪中，用角、蹄、嘴、牙、头拱出一条道路前进，任何雪台、冰山、雪沟、冰川，只要它发起牛性子来，没有过不去的。野牦牛已列为中国的一级保护动物。

野牦牛经过驯化成为家牦牛。家牦牛能为商队开雪路，能在马不能走的多石滩上、陡坡上行走，负重近百千克，如走平地，有“高原之舟”的美称。

野牦牛皮是制革优质材料，尾巴可做佛尘、戏曲道具，牦牛角可做螺号等工艺品，牦牛骨可制药治关节炎，牦牛奶可制成高营养绿色食品。1907年，土尔扈特部落的生钦五世活佛从西藏带回258头牦牛繁育，至今巴音郭楞已达7000余头。

雪　　豹

亦称艾叶豹，哺乳纲，食肉目，猫科。主要生长在天山、昆仑山、阿尔金山冰川雪岭中，栖息地为海拔 1000~5000 米。

雪豹，其体硕长，约 1.3 米，四肢较短，尾巴长度往往达体长的 3／4（0.9~1 米以上）。毛长而硬，尾毛软而白，有数道褐色环纹相缠，呈环节状。体毛银灰色，有数道黄褐色环绕，肚腹毛为白色，稍软而绒。脸部似猫，两耳短而高竖，显得机警无比。两眼白日放射黄金色的光芒，夜晚更加明亮如烛，有鸡蛋大小。鼻子高翘，鼻翼较大，利于高山吸氧。嘴像金钱豹，阔大生威。须向两翘，显得凶残无比。最锋利的是它的牙齿，门齿尖而长，咬啮其他动物能很快置于死命。最奇妙的是它的尾巴，能探测羊、驴、鹿、兔在何方。和其他动物搏斗，上来就是几尾鞭，打得又响亮又威风，把其他动物打昏打残，打得个眼花缭乱，然后咬死吞吃。为了生存，搏斗最激烈之时，它还会用尾巴勒住其他动物的脖子使其窒息死亡。所以人间有凤头、豹尾之说，真是一点不假。雪豹大多栖于灌丛中、雪洞中、山坡陡弯处，不易为其他动物发现之处，昼伏夜出。实在捕不到动物充饥之时，杂草、野果、山老鼠、蚂蚱、蝈蝈、四脚蛇都捉来充饥，是一种生活能力极强的动物。发情期一般为四五月和八九月各一次，有的六七月再发情一次，是一种性激素极强的动物，所以雄雌终生相伴，难舍难分，发情天数长达半月至 1 月。雌雄相配，每胎产 1~3 胎，怀孕期 250~280 天。

雪豹嗅觉灵敏，一旦发现偷猎者，能在短时间内隐蔽和奔逃，善于攀岩越岭，每小时奔驰可达 60 千米以上，对人类有恐惧感，这是由于人类残酷猎杀之故。但对比它高大的鹿、驴，往往一两个回合就能置于口中，是动物王国中欺软怕硬的家伙。喜在雪中打滚嬉戏，借以沐浴自己的毛皮、脸部，夏日无雪会用唾沫洗脸，是种爱清洁的动物。

其毛皮十分珍贵，可做高级皮衣。肉煮食有提高性机能之功效。雪豹骨可制药，治疗跌打损伤之用。雪豹的名贵之处往往使偷猎者胆大妄为，现被国家列为二级保护动物。

博斯腾湖的麝鼠

哺乳纲，仓鼠科，半水栖兽类，俗称水老鼠。在巴音郭楞开都河、孔雀河、博斯腾湖湖岛和沿岸生活。博斯腾湖的麝鼠和其他地方麝鼠不同之处在于它是半食肉动物，除了食鱼之外，还以博斯腾湖鲜嫩味美苇笋、蘑菇、水菖蒲花为食。它从不拒绝博斯腾湖赐给它的一切美味佳肴。

博斯腾湖麝鼠体长70~90厘米，尾巴长达50厘米，直径1.5~2厘米，尾巴有许多功能，既是游水时总舵，一撅就是一个跟头，一绕就是个转身，极其灵活，又是遇敌害时的报警器，以示同类迅速躲避，还是探找食物扫描仪，能依靠长长的尾巴找到一切美味。尾巴为黑色，扁平。麝鼠头部稍扁，小嘴利牙，眼圆而小，耳短而细，头部样子似老鼠。脚短，仅三四厘米，一趾间有蹼。毛绵长而亮密，色为棕红色，长达3~4厘米，附着力紧，皮薄而结实，皮质轻柔、珍贵。一只麝鼠皮国际市场可卖到一千多美元，其皮可做衣领、袖口甚至大衣、帽子，是大款显贵们不惜重金购买的奇珍异宝。

现在博斯腾湖的麝鼠几乎灭绝，因为陆上有太多的偷猎者，水中有20世纪70年代施放鱼苗时，不慎带入的赤鲈鱼。这是一种食鱼动物，凶猛而残烈，连小麝鼠也不放过。往往在麝鼠繁殖季节，赤鲈鱼群分工，一群鱼去骚扰母麝鼠。母麝鼠经不住骚扰离麝鼠崽捕捉赤鲈鱼，另一群赤鲈鱼会冲上前去把小麝鼠吃个精光。观察此场面的科学家都目不忍睹。

为防水害，麝鼠到湖岸河畔生产，但又遇人祸，往往是防不胜防。但麝鼠自有办法，它们在苇深、草密、水流缓处筑巢离岸0.5~1米，水中和地面都有洞，穴窝舒适干畅。它们用芦苇、树枝覆盖其上，有一米方圆，六七十厘米高。它在水中敏捷自如，可搬运草木和采食，但到陆地较为缓慢，动作迟钝。它一般都在水边活动，喜欢安静和平的环境，遇有惊吓和危机，急忙游入水中。冬末早春是麝鼠的发情季节，交配时会发出一种优美而欢乐的叫声。往往在深夜交配，那叫声就如一首优美的小夜曲，怀孕70~90天，产仔3~8只不等，哺乳期为1个月，第二年性成熟即可交配生崽，寿命三四十年。冬季不冬眠，水中采食，冰面留有洞口，每天出来活动一两次，其窝有三四个不等，窝又有三四个洞口不等。真可谓一个水老鼠也有三个窝、三个门，偷猎者再多，也是天无绝鼠之路。

博斯腾湖麝鼠现存较少，巴音郭楞人民准备立法，作为濒危动物予以保护。科学家准备试验人工养殖。

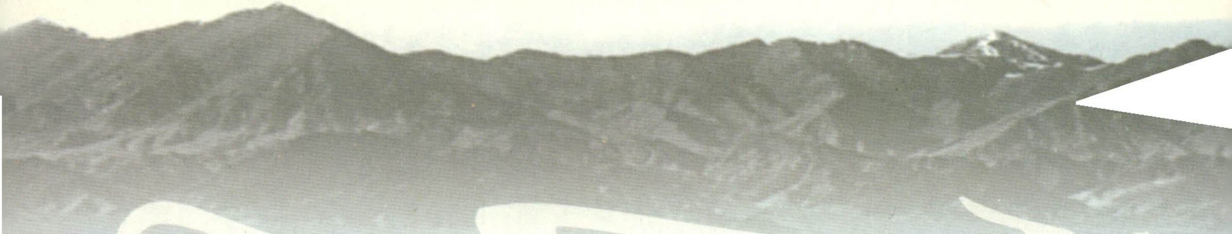

开都河的大头鱼

大头鱼学名扁吻鱼，俗称新疆大头鱼、虎鱼、龙鱼。大头鱼形体长，背部灰褐色多斑点，腹部白色，腹膜灰黑色，头大。吻扁平楔形，口宽大，下颌长于上唇，无角质缘，有1对1~2厘米短须。眼小，椭圆形，在头上部，近于吻端，下咽部骨窄，长为宽的5~6倍，咽牙柱状，顶端有尖，具钩。鳃稀疏而短，为4片鳃。全身鳞软可食，吃食不必刮鳞。侧线完全，从头部至尾部，胸鳍、腹鳍、臂鳍皆浅橙红带白色，尾鳍叉形，浅红色。4月底至5月初产卵，卵黄色，有毒，人不能食。

大头鱼在20世纪60年代以前是博斯腾湖、开都河、孔雀河主要鱼种，生长快、产卵量多、产期早，为冷水性鱼类，适应性好，游泳能力强，肌肉结实，味道鲜美。尤其是个体体型大，其中最大的可达百多千克，1.2米长，所以有龙鱼之称。当时的水域内，大头鱼很多，当地群众不用网具都能捉到鱼。

1970年以后，不慎随引进鱼种混进几条赤鲈鱼。这种鱼欺负土著鱼老实平和，几乎把大头鱼吞吃殆尽，一条一千克的土著大头鱼被十几条五、六两重的赤鲈鱼缠住，只需几分钟就能咬死，撕碎吞吃完毕。动物实验观察，赤鲈鱼动作凶狠，攻击激烈，打斗猛快，大头鱼防不胜防，躲不胜躲，逃不胜逃。现大头鱼经30年变迁，已逐渐减少，已近绝迹。国家将其列为一类濒危保护动物。

大头鱼是中国的特有鱼种，是中国古鱼类、古鳍类的一个极其珍稀的品种。存于石碳纪和二叠纪，起源3亿年前。几亿年来，无论经过多么惨烈的自然变迁，它都奇迹般地生存下来。而在今日搜遍开都河、孔雀河、塔里木河所有的水库和支流，搜遍博斯腾湖所有的湖塘河流，再也捕不上几条大头鱼。人们猛醒之时，科学家们大声呼吁之时，各级人大立法之时，还为时不晚，巴音郭楞人民也许能夺回3亿年前这古老鱼类的活化石。

塔里木马鹿

塔里木马鹿亦称赤鹿。哺乳纲，偶蹄目，鹿科，俗称草鹿、草上飞、塔里木飞鹿。

塔里木马鹿是世界上所有动物中的跳远、奔跑冠军。据测算，它时速可达 86 千米。有时为了躲避人类、雪豹、猞猁、棕熊、恶狼的侵害，群起而飞奔。飞奔时四蹄腾空，一次四蹄腾空可达 1.1 米，真正的草上飞。遭到侵害时，往往是雄鹿断后，青年母鹿打头跑，老年鹿随时注意暗器和陷井。人类几乎是捕不到大鹿，只有拾捡小鹿。一般拾鹿者，要趁母鹿产下 1 小时之内拾取，1 小时后，小鹿见阳光力气倍增，马上奔走如飞，千里马难以追上。它们十几头、几十头小群生活，内部组织严密，机警无比，几里之外顺风可闻到人味，逃得无影无踪。当遇到敌害无法躲避时，雄鹿会向山、向树、向地撞断自己美丽的角，然后和天敌拼个你死我活，搏斗动作主要为头撞、角抵、牙咬、蹄蹬、身子压，往往施出全身的招数和天敌搏斗，全无平时的美丽和善良。

到了秋季发情季节，被逐出畜群而独立生活的雄鹿，便来争夺家长的位置。角斗非常激烈，鹿角咔咔作响，采用撞、抵、拉、拽、甩等动作决斗。它们不用牙咬、蹄蹬、身压等恶性动作伤害对方同类，只是在决斗中将情敌赶走，以求同 6~8 只雌鹿配婚。往往三四小时之内就能和全部母鹿交配完毕，可谓雄性十足。九十月份发情野合，母鹿怀孕 8 个月后，来年四五月份产仔 1~3 只。

雄鹿体长 2~2.3 米，身高 1.5 米，雌鹿较小些。雄鹿初长一月内的嫩角为鹿茸。化学测定，一头鹿茸内的雄激素之多，超过世上所有的动物，为人类的一二倍，牛的四五倍，可谓雄激素之王。鹿茸主要用来治疗男性阳萎、遗精等症，有奇特疗效，不易服食过量，否则会流鼻血，夜里过度兴奋难眠等。塔里木马鹿全身都是宝，鹿胎、鹿肾、鹿鞭、鹿筋、鹿血、鹿骨、鹿肉均可入药，鹿皮是制革的优质原料。马鹿禁止随意猎杀，为国家二类保护动物。

雄鹿 5 月后如不割茸，可长成 8 个叉角，第一、二角对长，在第一、二角上再长出各 4 角，8 只角分布和谐，对称美丽，可谓神奇。到八九月份，角已长大骨化，在和情敌决斗中将角打掉，如打不掉，便在树枝上将角磨去，变得又白又光滑，磨成一对大角，变成抵御敌害的得力工具。

塔里木马鹿的头除鹿茸外极像马，身子也像马，但尾巴很短，腿细蹄大似牛蹄，这是塔里木马鹿和世界各地马鹿的不同之处。因塔里木马鹿常走沙漠跋涉，蹄小易陷，不易行走，作为自然选择，所以它的蹄子逐渐大了起来。其蹄夏至为赤褐色，冬至为灰褐色。

茶腾大尾羊

茶腾是蒙古族土尔扈特部落一个氏族，培育的羊叫茶腾大尾羊。茶腾大尾羊是清乾隆三十六年（1771年）由土尔扈特带回的欧洲羊与当地羊杂交，在巴音布鲁克高寒山区长期驯化培育而成。

茶腾大尾羊头窄长，鼻梁隆起，鼻头弯曲，两眼凹下，红眼仁，蓝眼珠，耳大下垂。公羊多数有螺形的角，粗处直径达7~8厘米，长达30多厘米。母羊的角为直角，直径为3~5厘米，长17~18厘米。公羊的角为土色，母羊的角为灰色。前躯胸挺角昂，后躯发达健壮，尤其臀部高于脊背，肥硕厚大，姿势端正，蹄质坚固，个体大小中等。一般为白色，杂色很少，尾部脂肪丰富，尾短，脂尾呈圆形，尾部有浅沟将其分成大致对称的两半。体高一般为75厘米，体长75厘米，体重45千克左右。羊毛可制毛毯，羊绒可制毛衣，羊皮可制裘皮大衣。公母羊6个月性成熟，初配年龄一岁半，配种季节9~11月份，母羊产羔时间在翌年2~4月份，孕期150天。初羊羔一般4千克，为单羔，采取自然交配，每只公羊可配母羊30只。公羊都有自己领地和母种群，一旦发现胡乱交配者，公羊会毫不犹豫和情敌决斗。平时温顺善良的羊一遇情敌，凶狠如一头狮子，眼红喷血，碰击羊角声咔咔作响，如战场上响声震天的打斗。古人曾有“狠如羊”之说，只有在羊的窝里斗的决斗中，你才体会到羊的“狠”。

1927年，当时土尔扈特部落的一代改革家生钦五世活佛从苏联引进高加索细毛羊13只，和茶腾大尾羊杂交。由于高加索公羊不适合本地水土，杂交第二代适应性差，不仅羊毛比当地的羊毛短，而且无绒，产量普遍减少，体重轻，羊羔仅2千克。当时因没有仔细找出失败原因，苏联专家即宣告失败撤走。但生钦活佛勇于改革的精神，却为后人称赞。

1953年开始，巴音郭楞人民开始引进美利奴羊和当地母本细毛羊杂交繁育。由于采用科学的方法，经过多年的研究，茶腾细毛羊繁育而成。经过四十多年的不断改进，现已有适应当地自然条件，遗传稳定性好，生育能力较高的茶腾细毛羊。到1979年，和静、焉耆、和硕有细毛羊40余万只。

茶腾细毛羊体高、体长、体重明显增加，体高达75厘米，体长80厘米，纯种细毛羊平均产羊毛、羊绒约4千克，最高可达8.6千克。导入美利奴羊澳血后，羊毛品质改善，羊绒平均长度增长10厘米，羊绒油黄变为乳白色，羊毛弯曲由小弯变成了大弯，成年羊的体重50多千克。

焉耆马

焉耆马早在汉朝时，就在中原和西域享有盛名。隋唐时焉耆年产马达 10 万匹，焉耆马有“龙驹”、“海马”之美称。

焉耆马的身架紧凑适中，马头秀丽壮美，马眼炯炯有神，放射出一种龙的神威。马耳长立，威风凛凛，鼻孔大有吞吐千里之势，嘴颚宽有尝百草之福，颈中等长，多为鹿颈，倾斜适度，马背高长而挺平，马胸发育适度，宽深端正，腹形良好。四肢长而壮实，蹄形小而善奔驰。体长一般为 1.45 米左右，体高 1.40 米左右，胸围 1.7 米左右，体重 350 千克以上，猛一看似龙之身躯，的确不凡。

说焉耆马是“龙驹”是因为它善于奔驰。一匹好的焉耆马每天可行 300 千米。古时的驿站，从新疆往北京传递消息，用得是每天 1200 里加急传递，就是几十匹焉耆马接替传递。一匹马飞速驾到驿站，另一匹马接奏报飞速而去，要求奏报五六天必须到北京，而皇帝的命令也必须五六天传到焉耆。从此焉耆马闻名天下，称为龙驹。只见它飞奔起来四蹄生风，头昂扬向上，身跃入半空，尾飘于马后，如一匹蛟龙在大海中腾跃。它勇于爬山，善于涉水，走过一遍的路它一辈子也忘不掉，有“良马识途、老马识途”之说。尤有龙一般灵性、龙一般的聪明。

焉耆马的性成熟期为 2 周岁，母马为 3 周岁，发情期为 22 天，持续 5~10 天为发情高潮，怀孕平均 335~350 天，繁殖年限 14~20 年。母马终生可产驹 20 余匹，而且善于怀龙凤胎，“龙驹”美称也由此有因。

焉耆马说是“海马”是因为它是游泳的大腕。如遇急事，它能游二三十千米不成问题，而且能驮着主人一起游。它还能驮上主人行李潜泳。游泳的姿势也十分美丽大方，就像一条龙在水中龙腾飞跃，由此人们又称其为“海马”。它叫“海马”另一个原因是善于在博斯腾大冰滩上行走奔跑，拉车载人。冬天焉耆地区的人把博斯腾封冻的冰滩叫大海子冰滩。其他地方的马在上面行走，必定摔倒，寸步难行，而焉耆马却在大冰滩上健步如飞，决不会摔倒，而且还在冰上赛跑，拉车拉爬犁，拉载几百斤重车。往往大冰滩的赛马会成了中外游客的马匹交易会，焉耆“海马”之名传遍天下。

关于“龙驹”、“海马”的美名，焉耆人民也有一个美丽的传说。天神将博斯腾湖封为西海，封管西海的老龙王有三个儿子。其中三儿子心地善良。有一年焉耆地区火神当值，大地久旱，牧草枯萎，人畜饿死，三儿子看着不忍心，便背着老龙王冒着违反天条的危险，吸贮西海之水，腾空而起，请风伯神相助行云布雨。骤然间风驰雷鸣，瑞雨普降，一昼夜甘霖赶走了旱魔，拯救了绿洲人间。三太子冒犯天威被贬为马，放逐西海，与凡马代代交配繁衍。西海遍布神骏，人于是称“龙”。

摄影：晏先

9 县市风采

摄影：晏先

摄影：杨洪

金三角——库尔勒市

《西域水道记》云："库尔勒回庄，回（维吾尔）语观望也，地轩尚又可供眺览，故一名库陇勒庄"。库尔勒的本意是"眺望城"，还是"山水口城"，这两个具有实际意义而又美丽的名字，都无愧于她。库尔勒是两山一河汇聚的风水宝地，它背靠天山，眺望大漠，将东西文明融会于此。这里土质肥沃，物产丰富，气候温和，是一块山欢水歌之地。她花洁香城，果香流蜜，希望八方来客品尝她孕育的人类精品——库尔勒香梨。

库尔勒在民国十九年（1930 年）设治局，民国二十八年（1939 年）设县，中华人民共和国成立后隶属焉耆专员公署，下属库尔勒等 5 县。1959 年成立库尔勒专员公署。1960 年库尔勒专员公署合并为巴音郭楞蒙古自治州，下属库尔勒等 8 县。1979 年库尔勒县置库尔勒市，1984 年撤库尔勒县，并库尔勒市至今。有汉、维、蒙、回等 27 个少数民族。

20 世纪 80 年代以来，库尔勒各族人民紧紧抓住塔里木石油开发的机遇，集中人力、物力、财力，加快发展城市建设。城市建筑面积已达 50 平方千米，人口为 50 万人，仅次于乌鲁木齐。形成了食品、纺织、造纸、建材、机械、电子、化工、石油等为主的工业体系。市区有商贸市场、商业服务网点两千多个。城市基础设施建设、城市功能建设、菜篮子工程建设、城市经济跃居全疆各县级市首位。

库尔勒是南北疆的交通要道和物资的集散地，有通往北京、佛山的 6 条航线，有开往西安、乌鲁木齐 6 次对开列车，有开往全疆各地豪华卧铺汽车 56 次，全市公共汽车线路 50 条往返 10 个乡、13 个农牧园艺场、28 条街道。有皇冠、桑塔纳、夏利、富康等各种型号出租车 5000 多辆，而且出租车费在全国 50 个优秀旅游城市抽查中价格最便宜。不管什么档次的出租车，价格一律每 3 千米只收 5 元。铺设了库尔勒至鄯善输油管道，库尔勒至上海西气东输工程 2004 年已竣工。全市国际程控电话 20 万门，560 路数字微波传输工程已经竣工。兴建了渥巴锡大汗营，铁门关公园，龙山风情园，西尼尔旅游区，沙依东香梨园，萨依巴格民居村，厄鲁特赛马场，金、银、铜蒙古包，太阳岛公园，孔雀河水上公园，莲花湖度假村，普惠胡杨林森林公园等 30 个旅游项目设施。又兴建了银星大酒店、塔里木石油宾馆、巴音郭楞宾馆、楼兰宾馆、博斯腾宾馆、库尔勒宾馆等 64 家宾馆及一大批旅游服务设施。

库尔勒于 1998 年被评为 50 个全国优秀旅游城市之一。1995 年以来，被评为国家卫生城市、全国优秀科技市、全国“双拥”模范市、全国少年乒乓球优秀训练城市，培养了多名少年乒乓球冠军。近年来，为新疆维吾尔自治区和国家输送各类体育人才 300 多名。

全市绿地、草地、林地已达 34%，还在荒山上种了几万公顷绿树。2006 年库尔勒又有国家森林城市、中国最具魅力城市、中国文明城市、中国平安城市、中国和世界最佳人居城市之誉。

摄影：杨洪

东归英雄的圣城——和静

和静景色像梦一般崎丽而又纯美。这座世界和中国著名的土尔扈特落脚点名城，既欢乐又宁静，既古老又年轻，既典雅又繁华。登上和静宾馆鸟瞰全城，波光粼粼的夏尔乌苏河与苍翠欲滴的菜园相交织，恢宏雄伟的卓哩克图汗府与伟大的东归爱国英雄渥巴锡汗的雕像相映衬，发人思古幽情的唐僧晒经岛与壮观喧闹的街市相呼应。白天鹅的故乡，真是人间的又一处世外桃园，苍天赐予的一处奇特遗产。

和静原名“和通”，是维吾尔语“喧闹的集市”之意。相传当年和静是个伊犁商贾、库车货郎、焉耆商家、吐鲁番货主行商会聚之地，货卖叫喊之声不绝于耳，商谈结算之音日夜不停。史载，焉耆古城是巴音郭楞自古的政治、经济、文化、军事中心。和静就是统治者另辟的一处畜产品贸易中心，当年有活畜市场、羊绒市场、皮革市场。市场分工精细，选点贸易有规。市场的辅助设施，大酒店、小吃店、车马店、贵客店、小客栈应有尽有，剃头坊、裁缝店、照相馆、洗澡堂、典当铺一应俱全。

和静县汉时为焉耆国地，唐时属鹰娑都督府和焉耆都督府，元时属察合台汗国。清乾隆三十八年（1773年），乌纳恩素珠克图旧土尔扈特南路盟四旗五十四苏木驻牧于此，属喀喇沙尔办事大臣兼辖。民国三十八年（1939年），新疆督办盛世才实行政土归流，撤销盟长公署，更名为“和通”县，后遭蒙古族人民反对，又改为“和靖县”，意为“和平安定”。1947年恢复盟长公署。中华人民共和国成立后，先后属焉耆专员公署，巴音郭楞蒙古自治州。1965年改“和靖县”为和静县。现有人口20万人，总面积3.8万平方千米。

当年土尔扈特回归祖国后，清政府用分而治之和众封头领之策，以削弱渥巴锡的汗权。而渥巴锡汗从维护人民过上和平、自由、安宁的生活的“大我”利益出发，不计较个人“小我”得失，而遵从清朝安排。俄国女沙皇叶卡捷琳娜二世认为有机可乘，派俄国特务来拉拢渥巴锡重返俄国。渥巴锡认为这是对土尔扈特人民极大的侮辱，就将俄国特务交给清政府处置。女沙皇为此愤怒之极，又派俄国特务伪装成德国名医，实际是女沙皇的侄子（女沙皇也是德国人），来给渥巴锡汗治疗天花。在当年的和通村疗养，这位特务医生用了猛药，使渥巴锡汗病情加重。在弥留之际，渥巴锡汗对土尔扈特人民写下了遗嘱圣谛：“安分度日，勤奋耕田，繁衍牲畜，勿生事端，致盼致祷”。表明了渥巴锡汗长天可明、大地可鉴的热爱祖国的圣洁美好的心灵。从此，和静就弥漫着一股灵气儿。和静人民为纪念这位爱国至圣，在和静中心广场雕塑了渥巴锡汗的圣像，和静从此成为一座爱国英雄的圣城。

和静故地更有神幽奥妙之处。相传《西游记》中的晒经岛，就在县境内 25 千米处的开都河，《西游记》中称之为通天河。河中有一个小岛，古韵犹存，古传似梦似幻。大唐高僧玄奘取来真经，历经八十劫难，取道通天河回大唐。当唐僧、沙僧、猪八戒、孙悟空四人到达通天河畔，洪水滔滔，无桥船渡河，又遇第八十一难。正为难之时，却有老朋友千年老龟要载师徒四人渡河。游到河心，老龟问起托唐僧在如来佛面前为自己请寿的事，唐僧实不相瞒讲了自己忘得干干净净的大实话。老龟听罢大怒，将四人悉数翻入洪水之中。孙悟空将师父等人救上小岛，可惜经书全湿，只好将经卷晾晒小岛。唐僧为之感动，将岛上毒蛇点化为鱼，所以开都河流域自古无蛇。又将和静点化为绿洲。人民为感谢唐僧，起名此岛为“晒经岛”。

和静的确是个点灵化宝之地。远眺她背靠巴音布鲁克大草原，面对万顷焉耆绿洲，东吻河西长廊，西接畅灵天山山脉。再近处俯视，东有伊甸园般的万亩果林，西有开都河、夏尔乌苏河滋润着她，北有巴仑台黄庙护佑着她，南有八棵树的大榆树福荫着她，城中神勇的卓哩克图汗府和英雄的渥巴锡汗雕像显圣于她。

和静——真是中国又一座圣城。

摄影：杨洪

摄影：晏先

美好而吉祥的和硕

和硕县位于焉耆盆地中部，县城距库尔勒89千米。地处东经86° 41'~88° 12'，北纬40° 25'~42° 41'。和硕西汉时是危须国地，东汉属焉耆国，唐属焉耆都督府。清代中期1771年渥巴锡大汗带领土尔扈特与和硕特东归祖国，1773年清政府在此设和硕特盟。民国三十五年（1946年）撤盟设和硕县。

和硕一词美好而吉祥，多名女子曾被清朝的皇帝康熙、乾隆封为和硕公主。和硕语意众说纷纭，主要有六种说法："战胜"之意说，"征服"之意说，"一双"之意说，"账房"之意说，"英雄"之意说，"先祖"之意说。无论哪一种说法都无法确定，有待于反复进行科学考证，加以定论。

和硕县城之雄伟，当年渥巴锡大汗视察时就赞赏："这里如英雄跨马奔腾一般，可谓呼啸于湖畔（博斯腾湖），长嘶于马兰，奔腾于草原，蹬程于天山，撒欢于东归，复兴于中华。"渥巴锡说这番话是为了纪念他的爱妻，他认为和硕县城的地形颇如妻子的风采。他妻子斯琴，在东归途中被俄军特务所害，和硕特部首领恭格就是其岳父。渥巴锡之语还有另一番伟大的预见，这里最终成为爆炸两弹的功勋县，为中国腾飞起了前瞻性的作用，就和伟大的东归一样，为中华民族的复兴起到了榜样的力量。

和硕还有一个美丽的传说：玄奘去西天取经时走到库米什，他的徒弟石盘陀由于怕苦，竟回了中原，他只好一人前往。历经这片草滩时，当地人民为他架锅煮粥。粥一开锅，突然沸腾盈天，泡沫翻滚，溢出较多。玄奘大师取来一瓢博斯腾湖水加入锅中，粥如听话一般，十分平和地竟然慢煮细熬起来。顿时粥香草滩。大师就赐名此地为"和硕"。

英雄屹立之城——博湖

博湖县地处博斯腾湖畔，县城在湖西岸，焉耆盆地东部，开都河下游。博斯腾是蒙语名，为“矗立”之意。因有三座湖心山屹立于博斯腾湖岛中心，博湖县由此得名。

博湖县在汉代是危须国地，到清代中期，1771 年由伏尔加河回归祖国的土尔扈特与和硕特人民居住于此。1970 年国家将两部落一部分人民所住区域合并，成立了博湖县。博湖县主要以水域经济为主，博斯腾湖年产芦苇 40 万吨，为经济腾飞创造了地缘之机。渔业经济又为其插上了金色翅膀，美丽的水乡资源又是强势旅游经济的另一大产业。

中心湖岛约有 0.5 平方千米，出产野蘑菇、菖蒲等特产。湖岛三座中心山很像三个女英雄。传说当年阿古柏侵略军占领了新疆，土尔扈特与和硕特人民随清军退到科布多去了，有两个土尔扈特姑娘与一个和硕特姑娘没来得及撤走，就到湖心躲藏起来。当阿古柏侵略军来抢她们时，她们就用箭射敌人，打退了阿古柏军队的多次进攻。一支堂堂的军队打不赢三个弱女子，博斯腾湖离库尔勒只有十几里路，阿古柏听说这个消息恼怒之极。残忍地下令，烧死三个姑娘。大火烧起来了，没有吓倒三个姑娘，她们跳入了湖岛中小水湾，战胜了火灾。敌人虽然烧光了岛上的芦苇、菖蒲，可看到三个女子还是不投降，而且仍然坚持斗争。阿古柏又下令，采用拉网清剿战术，捉拿三名女子。她们箭射完了，敌人攻上了湖岛，她们走上了蘑菇包，吃了红蘑菇，化作三座山矗立在湖中心。从此这湖就叫博斯腾湖了。

金轮之城——轮台

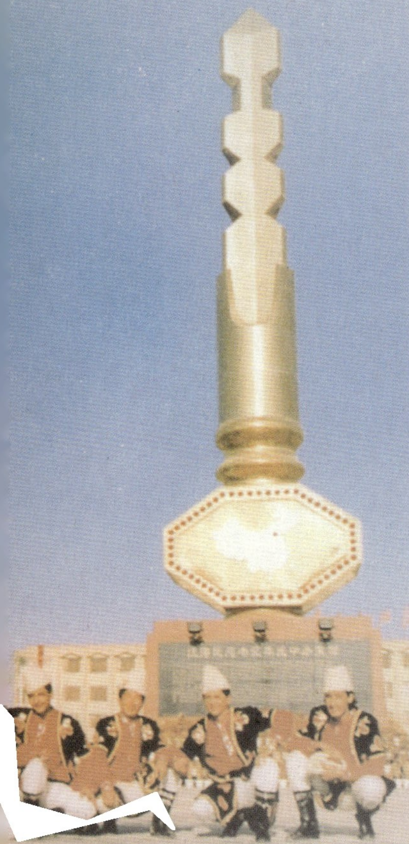

摄影：晏先

轮台位于天山南麓，塔里木盆地北缘。轮台是县名，又是古代西汉的绿洲行国国名。东汉是西域都护府的所在地，唐属乌垒州，元代为察合台汗国所领。光绪二十八年（1902年）设县。

人们心目中的轮台，胡天六月即飞雪，风掣红旗冻不翻，忽如一夜春风来，千树万树梨花开。其实天山以南的轮台是比较温暖的地方，年平均气温在10摄氏度以上，轮台所在的平原沙漠气候冬季最冷温度也不超过零下24摄氏度，是个冬日无严寒的好地方。唐朝诗人岑参为什么将轮台的六月天写得那样严寒无比呢？可能当时的某一年夏天气候特别的关系吧。有人考证他写的是另一处——北轮台。

轮台不仅因为诗人吟咏过她，文史有名，更重要的是她以西气东输的发源地而闻名天下。轮台天然气蕴藏量达280亿立方米，占全世界的1/10，是中国无与伦比的能源后备基地。而且光热能源十分丰富，在此建光热源电厂，可节约中国资源85%以上。轮台的特产白杏、红甘草、胡杨林都是叫响世界的品牌。

关于轮台由来的传说奇妙叫绝。古代有一位猎人，在傍晚准备射一条雄鹿时，雄鹿竟然像轮子一样飞转起来。猎人在后边追赶了一夜，当追到太阳出来时，只见一个金轮在天山前面的台地上闪烁着光怪陆离的光芒，并没有什么雄鹿。猎人大吃一惊，还是照着金轮就是一箭，只见这时金轮变作了辉煌无比的光彩，缓缓地飞向了太空，最后化作美丽的月亮挂在了天上。猎人射在它身上的箭变化为桂树。人们为了纪念这个神奇而又美丽的地方，就起名叫轮台。据说每到中秋之时，轮台城就会闪耀着一圈环状的金光，看见这金碧辉煌金轮台的人，一年都会过上幸福美满的日子。

且倩玉之乡——且末

且末是新疆维吾尔自治区和西藏自治区毗连的一个县，位于昆仑山北麓的山脚下，塔里木盆地南部。面积 13.81 平方米，相当于 4 个半台湾省。距库尔勒市 800 千米，地处东经 83° 25'~87° 30'，北纬 35° 40'~40° 10'。且末是汉代且末国、小宛国的封地，西域都护府的属地，《三国志》作为“且志”的地名时现书中。史家王野苹先生以为：“史书中作且末，当为沮末之误，《三国志》是误作且志。”（注：摘自《西域杂考·且末县名考》105 页。1998 年版）唐代为播仙镇，元代称阇里辉，清代谓卡墙巡检，民国三年（1914 年）置且末县。

且末的且倩玉天下闻名，其玉经昆仑山冰川河流冲刷而下。玉经几十万年的风雨磨练，玉质特别润滑美丽。相传玄奘当年经且末讲经传教，讲得大汗淋漓，燥热异常。小沙弥呈一块玉石让他一摸，顿时心清气爽，精神百倍。而玉经玄奘大师一摸，更加美丽光莹，如倩女一般妩媚闪烁，光彩照人。从此且末玉与和田玉同称昆仑玉。伟大的诗人李白根据且末玉的佛缘，又给它起了个名正言顺的名字叫且倩玉。由此且倩玉天下有名，甚至在某种程度上超过了和田玉的名声。唐代时有“天下第一玉”之称，唐代将且末称播仙镇都与且倩玉名有关，是说且倩玉有灵光仙气，仙气又是玄奘大师传播的，故名播仙镇。

且末还出产琼（维吾尔语“大”的意思）个甜瓜、白油杏、特大巴旦木等，以且末大沙枣最为有名。沙枣是新疆特有的一种沙漠之果，香甜如蜜。且末大沙枣不同之处在于，一般沙枣只有蚕豆那么大，而且末大沙枣却有一般沙枣三四个那么大，和红枣大小不相上下。而且色、香、味和口感都是极佳的，是新疆人民招待客人的上乘礼品，还能治疗腹泻、痢疾、肠炎和胃肠功能紊乱，是维吾尔医生的拿手好药。

且末的旅游资源丰富，有几十处名胜古迹和山川风光。像新疆独一无二的且末巴依庄园，反映了维吾尔族几个时代的民居和建筑历史。庄园虽历经几百年，依然保持着豪华的气派。在三百多年前一个如此偏远小镇，竟然有了淋浴设施和地下排水系统，以及自来水的设计别出心裁，在世界上可以说是很少见。参观之后会不由自主地感叹新疆人民自古以来伟大的创造性。

罗布风情城——尉犁

一到尉犁，你就不知不觉地陶醉于塔克拉玛干的胡杨、柽柳、罗布麻中了。那遍滩满坡的田野绿地景物，瓜果梨园飘香，长绒棉炸桃，田连阡陌，豆麦欢歌。这沙漠边缘的小城绚丽多彩，婀娜多姿，让你伫步不前。

到了城中，当你仔细看当地的罗布人，高鼻大眼，颧高宽脸，既不同于其他地域的维吾尔人，也不同于蒙古人。虽然他们罗裳绣衣，美丽可人，但罗布大汉、窈窕美女的形象，把你带进了罗布人风情“男娇女艳夺西域”的胜境中去了。

走访城中，既有胡杨书院露天博物馆，也有新建的罗布淖尔博物馆；既有广场娱乐中心，也有罗布风情歌舞人家。为了防止古老的尉犁人、罗布人风俗的消失，尉犁人民和一群有识之士建造了罗布淖尔博物馆。博物馆收集了不同时期、不同建筑文化的农舍、教堂和独木舟模型，模型里边有人们当年使用的农具、炉灶、家具、生活用品、纺车等。罗布少女和西部汉子在这里迎接八方来宾，老妇们表演织布和纺线，老汉们表演着打铁和制作独木舟，向宾客诉说着他们美丽的故乡和古朴的风俗习惯。人们在这里唱歌跳舞，置身于博物馆前，置身于广场中，仿佛又回到了古老的尉犁人、罗布人中了。孔雀河和塔里木河在尉犁县城静静地流着，仿佛在倾听人们诉说着它光辉的历史。

尉犁县名蒙古语称罗布淖尔。汉代为山国的国地，东汉以后属焉耆，唐属焉耆都督府，唐宋之际属回鹘汗国和西川回鹘汗国，元代属察合台汗国，光绪二十四年（1898 年）设新平县，属焉耆府，民国三年（1914 年）改名尉

摄影：杨洪

犁县。总面积6万平方千米，人口9万余人。

尉犁县人民自古注重文化教育，史载胡杨书院历史悠久。清光绪三十四年（1908年），尉犁县成立第一所现代小学，第二年又在尉犁设立了第二小学，在铁干里克设立了第三小学。三所小学均为民汉合校。学校成立之初，时任知县周芳煦出力最大。当时学校无师资，他就让妻子万里迢迢回故乡请了三个秀才来任教。他还用自己年薪俸的一半资助三位老师。有一位教师对学生要求不严，学生学不会也不管不问。他提出“误人子弟，如千古罪人”，使这位秀才大为震动，立志“做严师，出高徒”。学生一看老师教得认真，宣扬出去，学生一下子由十几人增加到五百多人，就连库尔勒、焉耆、若羌的孩子也来学习，受到了新疆学政张铣的表彰。周芳煦不仅让学生学习国语，还开设了算学、美术、手工编织、英文、伦理等课程。当时没有历史课本，他还写了《兴平乡土志》一书给学生授课。第二年他升了官，胡桂翎任知县，此人抽大烟成瘾，不理政事，荒废教育。尉犁各族人民怨声载道，投书上诉。清政府将胡桂翎革职，永不录用。尉犁各族人民更加热爱文化教育事业，迫使新任知县亲自招聘十余名教师办学。现在的尉犁胡杨书院就是尉犁第一小学的前身。1908年前，这里是一所私塾，叫同知书院。考证成立于1901年，现已有百年历史。你去游览尉犁的胡杨书院，可带给你深厚浓郁的文化底蕴。

沙漠英雄城——若羌

若羌位于塔里木盆地东南缘，前不靠山，后不着水，兀立于中国县城之林。她一生抗争着三大沙漠。南边抗击着中国第三大沙漠库姆塔格沙漠，北边抵御着中国第四大沙漠库鲁克塔格沙漠，西边迎战中国第一大沙漠塔克拉玛干沙漠。每当黑风暴骤起，她勇敢搏斗奋战直至胜利。当沙尘暴袭来，她顽强地拼搏打斗，一次又一次抗御了所有风暴的肆虐。只有到了这座县城，你才能体会到什么是英雄。在有史可考的三千多年历史长河中，一座又一座古城，在黑风暴和沙尘暴威逼下退却了，消亡了。楼兰、海头、圩泥、尼雅、安迪尔，这些著名的城市都成了千古之谜。惟独若羌始终不渝，绝不退缩，在世界人类社会发展史上作出了贡献。全县面积 20 多万平方千米，是全国面积最大的县，相当于两个浙江省，有华夏第一县之称。它气候干旱，年均降水量仅 17 毫米，蒸发量却高达 3000 毫米，常常是终年无雨，是中国最干旱的县城。

世界上奇险和美丽都是相辅相成的。要看天下最美丽，必走天下最奇险；不到天下最奇险，你就无法得到人类美的极限——艰奥的美。若羌河一路唱着欢歌，抹去了她干枯、沙黄的基调，洗净了她布满沙尘的脸。城中水清如洗，树碧如染，城绿如林，成了如幻如梦的沙漠绿洲。平畴绿野，碧涛长天，使你忘记在塔克拉玛干腹地的干旱；长河落霞，炊烟鸡鸣，使你忘却跋涉古丝道的辛劳，仿佛到了家。在若羌河畔听涛小憩，心驰神往；到河中畅游击水，思来灵闪。若羌县的旅游资源是最丰富的，楼兰古城、米兰古城、雅丹、魔鬼谷、罗布泊、阿尔金山自然保护区、塔里木绿色长廊等；在若羌 10 千米之内就可寻到十余处古迹，奥托古什汗遗址、土台遗址、三角石地图腾遗址等；城内有罗布风情人家、若羌玉雕厂、若羌大清真寺等。

若羌汉代为婼羌。因羌人原生活在河西走廊的婼水流域，后在大月氏人的压制下，西迁婼羌。因“不立君臣，无相长一”的社会结构，处于母系社会，所以若字从“女”旁。汉为楼兰国地，属西域都护府，隋属鄯善郡，唐设石城镇，元属察合台汗国，清属新平县，光绪二十八年（1902 年）升格为县，定名若羌，属焉耆府。民国时期属焉耆专员公署。中华人民共和国成立后定名为若羌县，属焉耆专员公署，1959 年属库尔勒专员公署，1960 年属巴音郭楞蒙古自治州。

若羌人民自古崇尚自然，热爱和平，古朴文明，流传着许多美丽的故事。相传若羌和米兰是天上风婆子的一对儿女，哥哥善良，妹妹美丽。有一天，哥哥发现了人间有一罗布和台特玛兄妹昏倒在塔里木沙漠中，若羌和米兰两人取来昆仑雪水救活了罗布和台特玛兄妹，四位青年誓要滋润塔克拉玛干沙漠，请阿尔金放水。天上的风婆子知道后大发雷霆，指责四位青年竟然违背天意，让他们各自回家。四个青年不从，并在斗争中相爱了。罗布和米兰如胶似漆，若羌和台特玛心心相印。风婆子知道后更是气愤万分，就把若羌等四人分开。若羌和米兰一气之下变成河流和绿洲，罗布和台特玛变成湖泊，他们都以死实现了自己的心愿，造福大漠和人类。

新疆粮仓菜市之城——焉耆

焉耆人民有很强的自豪感。你到焉耆来，焉耆人会告诉你巴音郭楞的首府虽在库尔勒市，而最古老、最美丽、最神奇的还是我们焉耆。的确，焉耆有许多值得自豪和骄傲的地方。

这是一座美丽的河畔城，它坐落于开都河两岸，又有七八条小河纵横交错全城，几十座小桥连接着千家万户，真有“街街小桥流水，户户葡萄花卉”。全城在绿水闪烁、碧波荡漾之中，三座大桥横跨开都河上，两岸白杨、绿柳、红杏、粉桃组成一座座岸畔公园和美丽家园，河水浩浩荡荡流向万顷碧湖——博斯腾湖。

焉耆美首先美在她的人民。焉耆人民是勤劳勇敢的人民，他们热爱祖国、维护祖国统一和民族团结，从古至今产生了许多抗击侵略者的可歌可泣的英雄事迹。1937年，抗日战争爆发，焉耆人民纷纷捐款捐物，支援抗战，声讨日本侵略的战争罪行。焉耆永远是一座热爱和平之城。

焉耆音同“焉支”，由匈奴王雁疵王部族名称转化而来。西汉元狩二年（公元前121 年），骠骑将军霍去病大破焉支山匈奴，匈奴王雁疵王降汉，封辉渠侯，余部西，征服了焉耆盆地的敦薨人，焉耆之名自此见于史籍。汉代属焉耆国地，唐代置焉耆都督府，宋代属西川回鹘，元代属察合台汗国，清代改名为喀喇沙尔。光绪九年（1883 年）设喀喇沙尔直隶厅，民国二年（1913 年）设焉耆县，1953 年成立焉耆回族自治县。人口11 万人，总面积 2500 平方千米左右。

焉耆自古有新疆粮仓菜市之称。这里土质肥沃，种啥长啥，旱涝保收。现为国家的优质小麦、甜菜、啤酒花生产基地。焉耆的大蒜、大白菜、红辣椒、蕃茄、小茴香是名震新疆和大西北的土特产品。相传西汉李广利将军来到焉耆，看到这里土地肥沃，水源充足，就上奏朝廷，将焉耆辟为屯田之地。汉武帝允准他督办。李广利即带领兵将开荒造田，连种三年，却颗粒无收。原来焉耆老鼠大如猫，名叫硕鼠，把播下的种子、萌发的苗全吃了个净光。李广利将军上天宫奏报玉皇大帝，请他派神仙惩办焉耆可恶的硕鼠。神仙临界下凡，发出神招，将硕鼠全部赶入博斯腾湖中，使焉耆硕鼠变成博斯腾湖的水老鼠，并下令不准它吃一粒种子，祸害一株小苗。从此焉耆就变成了新疆的粮仓菜市。

焉耆不仅是新疆的粮仓菜市，还是一座巴音郭楞精神的粮仓，蕴藏着深厚的民族文化底蕴。1908 年焉耆就建立了巴音郭楞的第一所学校和医院，1940 年又建立了师范学校。焉耆人民自古热爱体育活动，即便在

1961年自然灾害时期，也要举行篮球比赛。当时新疆生产建设兵团农二师拖拉机修配厂篮球队对垒农二师八一中学高中篮球队。那时国家照顾学生，粮食定量16.5千克，而工人定量却从20千克降为9千克，加之副食品奇缺，常常饥饿之极。打了半场球，5个工人都饿得跑不动了。厂长胡静特批每人加200克玉米草籽馍充饥，硬是坚持打胜这场球赛。所谓玉米草籽馍，就是1/3玉米面、1/3甜菜、1/3草籽蒸的，草籽就是梭梭经过浸泡的果实。可见当时人民生活之艰难，但再艰难。焉耆人民也没有忘记体育娱乐活动；即便再艰难，也是一个欢乐的民族，永远蕴藏着民族欢乐的底气。焉耆县是全国体育运动先进县，为国家、自治区输送了100多名各种体育人才。

焉耆名胜古迹有高寺、老坊寺、临固大寺、回族人风情园、开都河公园、七个星明屋、唐王城、霍拉山古寺遗址、博格达沁古城，还有至今保存完好的古老的回族厅厦[illegible]。

摄影：杨洪

参考书目

1 金向宏主编. 巴音郭楞蒙古自治州志. 当代中国出版社,1994

2 李德祥,吕建邦主编. 巴音郭楞年鉴,创刊号. 中国统计出版社,1998

3 王野苹主编. 农二师志. 新疆:新疆人民出版社,1995

4 陈翰伯主编. 新疆风物志. 新疆:新疆人民出版社,1985

5 林战青著. 新疆漫游记. 新疆:新疆青少年出版社,1988

6 贾合甫·米尔扎汗,魏萼主编. 新疆民族经济文化发展研究. 新疆:新疆人民出版社,1997

7 楼望皓著. 新疆风俗. 新疆:新疆人民出版社,1989

8 侯灿著. 高昌楼兰研究论集. 新疆:新疆人民出版社,1990

9 卫拉特蒙古编写组编著. 卫拉特蒙古简史. 新疆:新疆人民出版社,1996

10 张亮采著. 中国风俗史. 东方出版社,1996

11 刘魁立主编,程蔷著. 中国民间传说. 浙江:浙江教育出版社,1995

12 曾问吾著,新疆地方志总编室编. 中国经营西域史. 1986

13 中国人民解放军卫生部编. 中国中医学. 湖北:湖北人民出版社,1978

14 段有瑞著. 建筑雕塑与壁画. 天津:天津大学出版社,1995

15 林海村著. 沙海古卷. 文物出版社,1988

16 新疆艺术编辑部编. 丝绸之路乐舞艺术. 新疆:新疆人民出版社,1985

17 [法]法布尔著. 昆虫物语. 河北:河北教育出版社,1998

18 祁小山,王博编辑. 西域国宝录. 新疆:新疆人民出版社,2000

19 魏长洪,何汉民编. 外国探险家西域游记. 新疆:新疆美术摄影出版社,1994

20 王德温,王煌彦撰文. 丝绸之路漫记. 新华出版社,1987

21 [瑞典]斯文·赫定等著,徐十周,王安洪,王安江译. 亚洲腹地探险八年. 新疆:新疆人民出版社,1992

22 浦启华,彭立兵编著. 百年图强. 黑龙江:黑龙江教育出版社,1997

23 普尔热瓦尔斯基著,黄健民译. 走向罗布泊. 新疆:新疆人民出版社,1999

24 马大正,王嵘,杨镰主编. 西域考察与研究. 新疆:新疆人民出版社,1999

25 范春三,袁东旭编著. 中国三教九流. 中国社会出版社,1998

26 [日]大谷光瑞著. 丝路探险记. 新疆:新疆人民出版社,1998

27 马汝珩, 马大正著. 漂落异域的民族. 中国社会科学出版社,1991

28 鲁文编著. 百姓话题·当代民谣. 中国档案出版社,2000

摄影：小雨